N e k k e t s u k y o u s h

川柳句文集

熱血教師

江畑哲男

Ebata Tetsuo

新葉館出版

川柳句文集　熱血教師

●

もくじ

川柳句文集　熱血教師

●早稲田大学国語教育学会・発表要旨

川柳、国語教材化への道

「川柳を国語の教科書に載せたい」。そう熱望し、実践と研究を積み重ねて、四〇数年の教壇生活が過ぎた。

川柳は優れた文芸である。韻文の占めるポジションが大きい日本文学の中にあって、川柳を国語の教材として採録することには充分な教育的意義がある。

短歌や俳句と比べても、川柳は以下の点で優れている。

①口語表現を原則とする川柳は、最も若くて可能性を秘めた詩型である。
②川柳はその中心テーマを人間と人間社会に置いている。
③リズム以外に制約のない川柳は、創作文芸として最適であろう。
④入りやすくて奥の深い川柳を創作することによって、自己表現の可能性が大きく広がり、表現の喜びと難しさを体得できる。

発表者は、少なからぬ授業実践を積み重ねて前記のことを証明してきた。翻って、二一世紀は生涯学習社会である。今日、川柳は社会から注目され評価され、中高年を中心に興味と関心を集めている。川柳を学べる機会も増えた。

しかし残念なことに、肝心の学校現場で、国語の授業で川柳が扱われていない。川柳への世の誤解も払拭されないままでいる。国語の教科書に川柳が採録されていればと、思うことしきりである。

川柳の教材化には、

ア 学習指導要領との関連
イ 教材としての適性や普遍性
ウ 教育目標や指導目標の明示
エ 現場の教師への具体的ケア

などが求められよう。

発表者は、あらゆる機会を通じて、川柳の教材化、その意義と実践、研究成果等々を語ってきた（千葉県教育委員会国語部会、教科書会社発行の印刷物、早稲田大学国語教育学会等）。現在では、川柳エッセイの教材化が適切かつ最も現実的な道である、と発表者は考えるに至った。

教科書教材のあり方。

教材の適否とは？

発表者自身の実践と試行錯誤の足跡を問いかけたい。

本著のための補足

さて、前掲は学会での「発表要旨」である。問題提起を含む前掲一文を、まずはお読みいただいた上で、若干の補足をさせていただく。

二〇一九年（平成31）四月二七日（土）、小生は早稲田大学国語教育学会で研究発表の機会を得た。この発表に至るまでには次のような経緯があった。

早稲田大学国語教育学会第二七九回例会。この年四月の例会はいつもとは趣を異にして、「会員による自由発表」という企画であった。

国語教育学会の会員ならば、志さえあれば、学会で自由に発表できる。小生のような一介の国語教師、一般会員にとっては有り難い機会だった。このチャンスを活かさない手はない。そう思って応募した。もちろん、川柳の普及・川柳文化の向上に少しでも貢献したいという気持ちからの応募であった。

「自由発表」とはいうものの、学会発表ゆえに事前の審査がある。その審査に向けて、前年（平成30）秋に発表要旨の提出を求められた。審査を経て、それに合格すれば学会発表の機会が与えられる、という訳である。結果は合格。かくして発表と相成った。

さて、その当日。

平成三一年四月二七日（土）の例会。小生は前掲の要旨に加えて、「川柳の優位性・可能性」を改めて強調させていただいた。

①川柳の教材としての優位性・可能性

江戸川大学（千葉県流山市）では一〇年ほど前から、「全国高校生ケータイ韻文コンテスト」を実施している。実施部門は、短歌・俳句・川柳の三部門である。平成二九年度の各最優秀賞の比較。ズバリ、これが分かりやすい！　そう思って発表当日、口頭で紹介した。

▽個人賞（**短歌**部門）〈最優秀賞〉

「新しい服着て歩く街並みは表情変わり少しきらめく」（千葉県立船橋芝山高等学校　佐藤美有季）

▽個人賞（**俳句**部門）〈最優秀賞〉

「君の横時が止まった線香花火」（北海道東川高等学校　城戸みなみ）

▽個人賞（**川柳**部門）〈最優秀賞〉

「弟と同じ部屋でもＬＩＮＥする」（静岡県立伊東高等学校　大北沙耶）

いずれも、高校生の作品だ。最優秀賞に選ばれただけあってどれも秀逸ではあるが、短歌も俳句も川柳の日本語力・爆発力にはとても敵わない。そう問いかけた。

さらに、他の年度の川柳作品も付け加える。

▽個人賞〔**川柳**部門〕〔最優秀賞〕
「レポートはこれで片付くWikipedia」（聖光学院高等学校：上原陸）
▽同〔優秀賞〕
「壁ドンはイケメンだけが許される」（鹿児島県立明桜館高等学校：高橋舞）
「既読無視友情よりも寝ていたい」（静岡県立掛川工業高等学校：鈴木雄大）

如何であろうか？

川柳はなぜ面白いのか？　この問いに対して、近年は「日本語の魅力」を付け加えるようにしているが、右三部門（短歌・俳句・川柳）の入賞作を比較しただけでも、その差は歴然としている。同感をしていただけるのではないか。「ＬＩＮＥ」「Wikipedia」「壁ドン」「イケメン」「既読無視」……、こうした日本語を、川柳はいとも簡単に取り込んでしまうのである。日々「進化」（？）する日本語、不易流行を両睨みしながら「変化」する日本語を、文芸として取り込む包容力が、川柳にはある。そのフトコロの深さ、インパクトの強さ、若い文芸、ヤンチャな文芸、こうした特長は、川柳の醍醐味であろう。「お上品」な短歌や俳句ではなかなかこうはいかない。じつはこの点の差異にも、川柳の文芸的可能性を小生は見出している。

②教科書教材の限界

「川柳の優位性・可能性」の一方、教科書教材の「限界」を感じてきたことも、率直にお話ししたかった（時間の関係で充分説明しきれなかった）。四〇年以上国語教育の現場で格闘してきて、韻文の教科書教材と現場感覚との乖離を常に感じてきた。この点については、本著一一四ページをご参照いただきたい（「生徒とつくる川柳の授業」二、①「ある疑問」）。

韻文教材の限界とは？　俳句に限定して、次のようにまとめたことがある。

《俳句教材、四つの限界》
ア お行儀よい作品しか採録されない。
イ 評価の定まった作品しか採録されない。
ウ 旧字・旧仮名、文語表現という壁。
エ 旧暦と新暦の齟齬、季節や季節感の喪失。

こうした限界は、高校生にどのようなマイナスをもたらすのか？　韻文の感動が自己の世界から遠くなる、つまりは他人事になってしまうということ。優れた教材であっても、生徒には韻文が遠い存在に感じられてしまうということなのだ。

いささか挑戦的に言えば、こうなる。

「降る雪や明治は遠くなりにけり」（中村草田男）を読んで、「創作意欲が湧いてきた」（笑）という高校生に出会ったことはない。

「瓶にさす藤の花ぶさみじかければたたみの上にとどかざりけり」。この名歌を鑑賞した後に、「オレも短歌を作ろう！」と言い出した生徒はいなかった。名句や名歌には（鑑賞の対象としての価値はともかく）、生徒の創作意欲を引き出せない恨みが残念ながら残る。

そう、その創作意欲。

創作意欲を掻き立てられるという点では、川柳の右に出る文芸はないだろう。口語短詩型文芸の元祖とも言うべき川柳の、面目躍如たるところだ。

高校生の視点に立つとき、川柳の優位性は揺るがない。文語ではなく口語で、季語にこだわらずに森羅万象何でも詠める。そんな手軽な（しかも奥が深い）創作文芸はない。川柳はそんな価値と大きな可能性を秘めている。

教壇人としては実践が命である。いくら能書きを並べても、実践が伴わないと説得力はない。それゆえに、授業実践も数多く展開してきた。本著ではその典型として、「生徒とつくる川柳の授業」（一一二ページ）、「『去来抄』の読解からプチ創作の試みへ」（一二三ページ）を採録した。あわせてお読みいただければ幸いである。

③まとめ

川柳の国語教材化、短歌や俳句のような一種独立した形で採録されるのは現状ではかなり厳しい。道は遠い。むろん承知の上だ。

では、川柳を扱った教材が全く可能性がないかと言えばそんなことはない。

これまでの実績から考えても、川柳エッセイの採録が、適切かつ現実的な道であろう。そう訴えてもきた（教育出版『国語Ⅱ』に田辺聖子「川柳でんでん太鼓」採録、本著「『川柳を教科書に』の運動の前進のために」一五三ページ参照）。

話は変わる。小生は、平成二九年度から一般社団法人全日本川柳協会の理事に就任している（その後副理事長に）。その立場から、川柳界内外にお願いしたいことがある。

優れた川柳エッセイはないだろうか？　高校生の魂を揺さぶるような、躍動する川柳エッセイを教育現場は必要としている。

川柳エッセイならば、教育現場も混乱することはないだろう。その候補として、岩井三窓『紙鉄砲』、今川乱魚『妻よ――ユーモア川柳乱魚句集』を挙げたこともあった。

散文として楽しくて読みやすいもの。現場からは歓迎され、生徒を沸きたたせるようなエッセイ。この教材を読めば、創作意欲が湧いてきて、その後の表現分野への指導にもつながりそうな作品。そんな川柳エッセイの発掘こそが、いま求められている。

（平成31年（2019）4月27日、早稲田大学国語教育学会の発表要旨に加筆／流通経済大学付属柏高校）

9月1日（月）日直 山田ハナコ
本日 始業式（於 体育館）

Ⅰ 江畑哲男の川柳

学びを見つめて

（教壇人の章）

熱血教師のまま還暦となりにけり（H24）

大学を出て、22歳で高校教諭になった。昭和50年（一九七五）のこと。あれから早や44年余。

人生三番目の句文集を出すに当たって、第一章は教壇生活にまつわるものを集めた。

文芸作品だからむろん虚実綯い交ぜではあるが、この章の川柳にはひときわ思い入れが深い。

（作品下の数字は創作年）

01

チョーク二本舌一枚の授業歴（H24）

千年の恋を甦らす授業（H23）

入試解説　名作を切り刻み（H25）

江畑節などと呼ばれている講義（H24）

まだ若いつもり授業の手を抜けず（H24）

ドラマでは教師やたらに走らされ（H24）

雪しんしん明日の授業をどうしよう（H24）

生涯現役教師の脳は休まない（H25）

春はあけぼの　有り難き初日の出　（H27）

夏は夜　炭酸系の夜になる　（H27）

秋は夕暮れ　老人の懐古趣味　（H27）

冬はつとめて　パソコンONにしてトイレ　（H27）

教基法コワイ先生いなくなり　（H29）

カップ麺教師土日を駆り出され　（H30）

教師非力握るそばから砂が落ち　（H21）

戦後教育が奪ってきた大志　（H28）

文法を説いてはメシの種にする

チャラい世にあえて文法力を問う

歯応えはたしか拙著を召し上がれ

プライドは伏せて謹呈する拙著

（『川柳文法力』上梓、H29）

付箋ぺたぺた講座に使えそうなネタ　（H27）

〆切を過ぎるとペンが冴えてくる　（H27）

雪しんしんいざ原稿をやっつけん　（H30）

早起きをする　原稿を書くために　（H27）

本日快晴台湾へひとっ飛び　（H29）

フォルモサに来た麗しのヤマトから　（H29）

台湾で見つけた懐かしの昭和　（H31）

台湾の若者もみなスマホ病　（H28）

異国での講義　ジョークは通じるか
機内で読み返す講義用レジュメ
海越えて熱血教師して来ます

D・キーンの卵に川柳を語る

（台湾・静宜大学で講義、H31・3）

アンビションゆえの第一志望校　（H31）

ヤルだけは教師もやりました入試　（H31）

この設問A子B君ならイケル　（H31）

来年があると今年を悔しがり　（H31）

こういう時に限って雪が降る入試 (H23)

受験生とする 笑えないにらめっこ (H24)

監督がしてはならない生欠伸 (H31)

静寂という重圧もある入試 (H30)

あゝテスト勿体ないほど好い天気　（H26）

イラストは上手い答案紙の余白　（H26）

月光は蒼く受験の目の疲れ　（H29）

時計ばかり見る監督も鈍才も　（H25）

美しい答案　秀才が仕上げ　（H27）

大物は書くだけ書いて寝るテスト　（H25）

秋麗らテストは眠いものと知る　（H25）

出題のミスは笑ってごまかそう　（H23）

定年の年に集中するドラマ（H24）

可愛い子ちゃんだからそおっと加点する（H24）

秘密保持女子に少～し甘くなり（H26）

女生徒と何もなかったのも淋し（H24）

好奇心畑違いに強くなり　（H30）

ストレスはもうない私二度の職　（H25）

二度の職働き方は変えてある　（H30）

定年万歳さあオールドビーアンビシャス　（H26）

定年がジョークのようにやって来る　（H24）

大荷物よく仕事した仕事した　（H25）

夢の続きへ新しい朝が来る　（H25）

春泥へ一本道を振り返る　（H29）

原稿の負債を返す夏休み　（H23）

印税生活夢見て本を出しつづけ　（H26）

拙著売るとき俗物になり下がる　（H26）

中年の大志　自費出版をする　（H26）

還暦の坂　もう少し稼がねば　（H25）

川柳で鍛えた脳はへたらない　（H23）

人生百年定年がまた遠くなる　（H30）

寝不足がつづく年度末の忍者　（H24）

給料のことは言うまい再雇用（H25）

再雇用何も張り切ることはない（H31）

川柳では食えぬ食えぬと書く賀状（H25）

ボランティアに追われる前期高齢者（H25）

手を抜けぬ性分 ロハの原稿も （H26）

時に吼え時にやさしいペンになる （H26）

パソコンの愚図我が輩を殺す気か （H25）

我思う故に巻頭言の冴え （H26）

限界はとうに超えてるスケジュール　（H28）

ちびちびと酒　しこしこと稿を埋め　（H29）

百科事典よりもスマホが賢そう　（H31）

ビョーキかも知れぬパソコン漬けの日々　（H27）

リフォームのめでたく妻の城に化け　（H27）

リフォーム後べからず集が多くなり　（H27）

妻色にだんだん染まる定年後　（H29）

愛妻がいないと酒も進まない　（H30）

妻の吠え方がやさしい定年後　（H27）

パソコンも妻も取り扱い注意　（H27）

美しい妻で口うるさい女房　（H26）

AIはイヤ　妻の手がよい介護　（H30）

叱り方が悪いと教師叱られる　（H23）

校長室に来た来たみんなモンスター　（H28）

教科書の嘘を大人は知っている　（H28）

弁解はせぬノーブレス・オブリージュ　（H25）

ラジオ放送ですが一応オシャレする

ノドは武器　武器の手入れは怠らぬ

昼はイソジン夜はお酒で守るノド

国営放送で届ける川柳の魅力

（ＮＨＫちばＦＭ「ひるどき川柳」、Ｈ27）

人間を見つめて

（生活人の章）

三丁目の夕日と食べたコッペパン（H21）

02

川柳を趣味としたのは、教員になってから数年目の昭和54年ごろだった。仕事以外に「何か」が欲しかった。

韻文には中学生時代から馴染んでいた。当初は趣味だった川柳が、だんだんその指導的立場を求められるようになっていった。かくして、「学校教育」と「生涯学習」の二刀流が始まった。

現役の自負 昼酒を寄せつけず （H25）

働き方改革と呼ぶサボり方 （H30）

大型連休がそんなに嬉しいか （H21）

末席に陣取るうるさ型各位 （H30）

団塊の蟻　年休が使えない（H30）

暖衣飽食メロンの味も落ちました（H22）

職退いてからはサンマが旨くない（H30）

パシュートのように昭和の蟻の列（H30）

子ども手当などはなかった若かった（H30）

無償化が学生をまたアホにする（H29）

新聞の威厳の先に父がいた（H30）

みんな貧乏で輝いてた昭和（H30）

ロボットに調整役が出来ますか　（H30）

ヨイトマケそんな時代がありました　（H25）

余生燦燦東奔西走ボランティア　（H30）

そのうちに長生き税も出来そうな　（H25）

春短し　遊びをせんとや生まれけん　（H24）

平日の旅行　犯罪者の気分　（H24）

ひとり旅ロマンは落ちていませんか　（H27）

世俗一切圏外に置いて、旅　（H27）

根回しという日本的手順踏む　（H25）

食えるまで理系は長いスネが要る　（H26）

IQが高いと限らない理系　（H26）

お金でしょうか中年のキーワード　（H24）

タフネスな胃よ昼のめし夜の酒　（H22）

ジーンズのおっさんが持つ一家言　（H22）

Gパンの腰が若さを誇張する　（H22）

お隣も呑ん兵衛らしい資源ゴミ　（H23）

ヘッドホン若者はみな人嫌い　（H25）

買うんじゃなかった週刊誌の見出し　（H25）

生きるとはそして死ぬとはヘソのゴマ　（H23）

平和主義座席はサイドから埋まり　（H24）

おにぎりが旨い　働くことの幸　（H21）

自由にはなれるが銭のない老後　（H24）

くよくよのくから始まる懺悔録　（H24）

イベントが果てて普通に忙しい　（H25）

痛《いた》気持ちイイが明日を引き寄せる　（H26）

ジム通い酒が美味しくなるように　（H28）

ストレッチ軽めに終えてペンの冴え　（H28）

金で買えぬ健康　金を少しかけ　（H26）

筋肉は裏切りませんスクワット（H30）

老兵にまだお役目があるらしい（H27）

老人の避暑地　図書館かも知れぬ（H29）

深呼吸今日をご苦労さまでした（H26）

年寄りがウザいシルバー民主主義　（H28）

若肉老食ジェネレーションギャップ　（H28）

老人大国　若者が搾取され　（H30）

老人の惑星になる近未来　（H30）

知性派を選んで秋の恋をする（H28）

恋一途君のすべてを記憶する（H29）

海のドライブ　潮の香と君の香と（H30）

やわらかい恋をしてますケアハウス（H29）

パソコンの中に大人の秘密基地　（H30）

言い訳の戯画が六道輪廻する　（H29）

ジジィになった沢田研二は見たくない　（H30）

オシッコちょろちょろわが輩の実力さ　（H26）

二人三脚の短い妻とする　（H21）

うるさいのがいないとケンカにもならぬ　（H27）

内心の自由　妻にも明かさない　（H29）

妻に手を総理も焼いているらしい　（H30）

孫の顔拝観料を取られそう　（H27）

やがて生まれる孫のためにもジムの汗　（H25）

仲良しごっこ嫁が来るからしておこう　（H25）

もう幾つ寝ると拝める孫の顔　（H25）

孫誕生嫁に最敬礼をする　（H27）

ニワトリの朝より早く孫が泣き　（H29）

MCは孫です　孫に逆らえず　（H28）

孫の句を創る　哲男も歳になり　（H28）

妻は留守僕の世話より孫の世話　（H30）

成っちゃない孫の躾はオレがする　（H27）

孫に甘い躾を孫に叱られる　（H29）

うんちの時は嫁にホイホイ渡す孫　（H27）

遠花火息子今年も帰省せず （H24）

子らみんな巣立ち夫に手がかかり （H29）

子は出世すると実家に帰らない （H28）

川柳のためのドッコイショが続く （H30）

ＵＦＯで帰還したのはかぐや姫　（Ｈ28）

ひと夏の恋　潮騒とコラボする　（Ｈ28）

月光を浴びヴィーナスの露天風呂　（Ｈ28）

リボン結ぶうちのサンタは不器用で　（Ｈ28）

乱魚哲男和子ここでも呑んでいる
（東葛川柳会30周年、H29）

フォト整理ふいに真顔の君がいて

趣味が仕事になるとお布施がもの足りぬ

アイドルとして代表は老けられず

日本語が魅せたアクティブラーニング

誇らしく東葛ファーストの三十路

平成まるごと走った『ぬかる道』

川柳ファーストの過去妻よ子よ許せ

（東葛川柳会30周年、H29）

殿様の気分で食す百銘菓

（祝『日本百銘菓』（中尾隆之著）出版、H30）

鎮座ましましておもてなしの銘菓
和三盆銘酒の舌もとろけさせ
絶品の和菓子孫には分かるまい

告白を迷う下半身の病い

オペはオペとしてオペ後のスケジュール

せっかちがもうぶり返す回復期

病魔という文字はなかったボクの辞書

（H31）

闇に非ず巴水の黒の重ね刷り　（川瀬巴水展、R1）

巴水回顧着物に下駄に人力車

ジャポニスムスティーブジョブズコレクション

人生に深み　雨、　雪、　夜の景

北京直結　ファーウェイの地獄耳　（R1）

上皇の呼称　令和に甦る　（R1）

現役でないからくさす一〇連休　（R1）

時代でしょうか妻をやたらに褒めたがる　（R1）

社会を見つめて

（社会人の章）

世のため人のため
川柳のため生きん

（H25）

03

教員の世界は狭いなぁ、と思う。トシをとって、改めてそう感じるようになった。

未熟なままに「人の道」を説いてきた過去を、時に恥ずかしく思い返す。

その一方、川柳を通じて社会とかかわり、川柳を武器に東奔西走してきた自分がいる。

そんな自分を、一生懸命生きている自分を、褒めたいとも思う昨今である。

人の世にお仲間という宝物（H28）

人材の宝庫にもなる高齢化（H29）

年賀状何とステキな義理だろう（H30）

ブログ発信前向きに生きようぞ（H27）

まだ白いまま定年の予定表　（H25）

妻優し退職金が出るまでは　（H25）

妻がムチ何度も入れる夫婦坂　（H25）

自由と書いてある定年の青い空　（H25）

この国を憂い休んじゃいられない　（H22）

放り込んでON洗濯機食洗機　（H30）

健康の持ち出しもしてボランティア　（H29）

天高しハズキルーペに用はない　（H30）

川柳界かくあれかしと我孫子発　（H29）

吟醸酒だけは許せぬ虚偽表示　（H27）

内閣改造ボクにお呼びがかからない　（H28）

川柳のためノーギャラに耐えている　（H27）

ゲバ棒の先にユートピアがあった　（H23）

カタカナ語ゆえの怪しきマニフェスト　（H24）

マニフェスト働かざるも食えるらし　（H24）

愚かなる大衆を釣るマニフェスト　（H24）

アンタが大将だと復興が進まない
3Kの任務はみんな自衛隊
国難というトンネルが長すぎる
長い長いレジ　略奪のない日本
（東日本大震災、H23・3・11）

危機管理二本の足を鍛えねば　(H23)

おぬし何者と目を剥くほどの策　(H22)

権力者には聴き取れぬ蟹の泡　(H27)

丁寧語では伝わらぬ避難指示　(H29)

九条の善意　四海に通じない　（H27）

坂の上の雲　若者が仰がない　（H29）

難民が行く　入玉をする如く　（H27）

九条よ横田めぐみを救えるか　（H29）

赤い月集団自衛権の是非（H28）

列強を睨む明治のリアリズム（H28）

誇り高き日本人がいた明治（H28）

真珠湾歴史のｉｆはエンドレス（H28）

報告書少年Aの名が見えず　（H30）

少年Aの代わりに謝罪する教委　（H30）

報告書いじめはありませんでした　（H30）

その度に少年法が狼狽える　（H28）

被害者に人権はない社会面　（H30）

マスコミのアホ　悪ガキの肩を持ち　（H26）

ゴシップが好きな平均的庶民　（H30）

ミサイルの降る日もテレビ笑ってる　（H29）

加害者は追及されぬワイドショー　（H28）

ワイドショー日本を劣化させたがり　（H30）

復興の兆しバカ番組が増え　（H23）

劣情をたくましくするワイドショー　（H30）

シュリンクの極みかオスの草食化（H29）

費用対効果でニッポンが縮む（H22）

長寿国日本　おばあさんが余る（H24）

温もりがコンビニだけになる都会（H29）

実力も要る体力も要る会務　（H30）

流行らせたい語に「老ITマイセルフ」　（H30）

六十五ボクも立派な高齢者　（H30）

秋多忙このまま師走まで走る　（H27）

妻の皺ボクが第一発見者　（H24）

子を叱るついでに僕も叱られる　（H21）

妻が何か言うから血圧が上がる　（H25）

政権も妻も一度は替えたがり　（H21）

偉そうなヒラが喫煙室にいる　（H29）

双方の鼻が邪魔する妥協案　（H30）

決断の刹那コインの裏表　（H23）

前例が一番偉い未決箱　（H29）

俗習に女性差別のあからさま　（H29）

何様のつもり女をクンで呼び　（H30）

差別語がコワい女を目覚めさせ　（H23）

責任者出て来い無署名の社説　（H22）

守ることばかりで老いの設計図　（H27）

老いるとはこういうことか妥協点　（H29）

お祭りでいいよ私のエンディング　（H27）

年金は付かぬ若年高齢者　（H25）

アインシュタインにかかると時間まで歪む（H30）

紀貫之以来日記の虚言癖（H22）

金のある人間だけにある自由（H29）

正論で押す体幹はブレてない（H30）

旅人が見たがる震災の跡地　（H25）

五月病ロダンが膝を抱えてる　（H24）

東北の酒を夜な夜な支援する　（H23）

あえて問おう脱原発のリアリティー　（H23）

黒船が来てからロクなことがない（H30）

あゝ明治真之がいた子規がいた（H24）

聖徳太子前に戻った華夷秩序（H22）

熱田津がルーツ海洋国日本（H24）

白人の正義　フロンティアと呼ばれ　（H29）

英国のプライドEUを抜ける　（H28）

正義対正義歴史は鬩ぎ合う　（H30）

国境が重なるところにある資源　（H29）

だとしても尖閣誰が守ります（H27）

北京語の記者会見はすぐ尖り（H28）

中朝へ性善説が揺らぎ出す（H29）

幕末の志士が見据えた百年後（H29）

北京語の高倍速を聞くアキバ　（H29）

変にハモる大阪弁と北京語と　（H30）

ココは大阪で赤信号はGO　（H30）

Welcome バイト 你好 観光地　（H30）

嫌悪感また反日がねちっこい　（H24）

動じないことに始まる危機管理　（H29）

友達はミサイルだけの独裁者　（H30）

もう二度と恨《ハン》の国とは契るまい　（H30）

万葉が典拠　日本が自立する

ヤングには抵抗のないラ行音

令和から始まりそうな脱チャイナ

昭和から令和　教師も半世紀

（改元、H31・4）

Ⅱ　教育＆川柳観

生徒とつくる川柳の授業

一　はじめに

「川柳への誤解と偏見」への言及部分。〈割愛〉

では、川柳とはどのような文芸なのか？

私は地元のタウン誌（『とも』）で川柳欄を担当している（当時）。その連載冒頭に、こんな紹介文を書いた。

《……川柳を狂句と誤解する風潮が、世間ではまだ根強いようです。しかし今日では、川柳は「最も自由で豊かな人間諷詠詩で」と定義すべきでしょう。毎日の生活の中での新鮮な発見、それを五七五にまとめたもの――それが今日の川柳なのです。》

たとえば、次のような作品。

風みどり日曜大工うたにのり
忙しい家で寂しい子が育ち
ふところの円は少しも強くない
土産買うひとが心にいる旅路
赤い羽根胸にほのかな温か味

これらの句に暮らしの中の〝発見〟がないだろうか。〝詩〟を感じないだろうか。

あの俵万智さんが口語短歌で一躍有名になったのは、もう四年以上前（当時）のこと。川柳はと言うと、俵万智出現のはるか以前から、口語で自由に森羅万象を詩の対象にしていたのである。「口語短文芸の元祖」とも称される所以がそこにある。

もっとも一口に川柳と言っても、その詩の傾向は人によって吟社によってさまざまである。川柳の世界以外でも有名な時実新子さんの作品を見ていただこう。

菜の花菜の花子供でも産もうかな
恋成れり四時には四時の汽車が出る
しゃくり泣く男を足の下に見る
あたし答えましたその眼に答えました
十人の男を呑んで九人吐く

「えっ、これが川柳？」と思われるムキもあるかもしれないが、これも川柳なのである。短歌や俳句の世界でも、伝統派・革新派・社会派・詩性派などさまざまな流派が存在する。同じように川柳の世界も多種多様なのだ。要は五七五のリズムを基調にして、人間万事一切を詩の対象にするのが川柳。そのことだけ書いて、前置きを締めくくりたい。

二　川柳の授業

さて、「川柳の授業」。

川柳を授業で扱うのは、だいたい俳句かせいぜい短歌の単元の時である。そのことも前もってお断りしておく。

①ある疑問

短歌や俳句の授業をしていて、つねづね疑問を抱いていたことがある。その一つは、作者（歌人・俳人）と鑑賞者（生徒）との時代的・心理的乖離である。

教科書の教材はたしかに優れている。文学的香りも高く、すでに定まった評価を得ている作品が採録されている。当然であろう。それはそれで結構なのだが、果たして詩としての親近感を生徒に与えているだろうか、という一点である。言葉を換えれば、十五〜十八歳の魂が揺さぶられるような作品が並べられているのか、という疑問だ。

鶏頭の十四五本もありぬべし

五月雨の降り残してや光堂
遠山に日の当たりたる枯れ野かな
降る雪や明治は遠くなりにけり

たしかにこれらは名作である。しかし、青春期の生徒にぶつけられるべき詩は、もっと未完成の、もっと青春まっただ中の作品の方がふさわしいのではないか。時代的に言っても、二一世紀を目前に控えた現代に突き刺さる表現こそが望まれる。この豊かであって豊かでない、平和であって平和でない同時代を生きる者のポエムであって欲しい。そんな願いを抱いている。

もう一つの疑問は、鑑賞と実作の乖離。開けっぴろげに言ってしまえば、生徒に実作させても、教科書の名作とあまりにギャップがありすぎるのだ。

実作をさせることは悪いことではない。大切なこと。実際に指を折って、その韻律に触れることで、省略された表現の中に、ある種の含蓄を実感することが出来るに違いない。

私自身も川柳と出会うまでは俳句や短歌の実作を重視していた。生徒作品をプリントして配布もした。しかし、それまで鑑賞してきた芭蕉・子規・茂吉らの作品と、当たり前のことだがあまりにもレベルが違っていて、単なる息抜きの時間になってしまった反省がある。

②授業の実際

さてさて、いよいよ川柳をどのように授業に取り入れたかという話に入ろう。何回か同様のパターンで取り組んだので、平均的な展開例を紹介したい。
いずれも俳句の授業・解説が一通り終わってからの展開であった。

〈第一限〉

「楽しく作ろう、五七五」というタイトルのプリントを配布。プリントには俳句・川柳の作品を区別せずに、一〇句くらい掲載する。（できるだけ教授者の個人的な趣味の範囲にとどまることなく、幅広い範囲から題材を選び、選句するように心がけている。）

①梅雨の犬で氏も素性もなかりけり　（安住　敦）
②ラグビーの大勢遅れて駆けりくる　（山口誓子）
③柔道のようなダンスの大まじめ　（小泉戸牟）
④滝の上に水現れて落ちにけり　（後藤夜半）
⑤竹伐らる切口何を言はんとす　（秋元大吉郎）
⑥非行少女孤独ピアスの穴疼く　（野谷竹路）
⑦落ちそうで落ちぬおんなのバスタオル　（保木　寿）
⑧水枕ガバリと寒い海がある　（西東三鬼）
⑨晩成の素質と巧い内申書　（亀山恭太）

⑩大寒と敵《かたき》のごとく対《むか》ひたり　（富安風生）

（念のために申し添えれば、右記③⑥⑦⑧が川柳作品である。）

これらの作品を鑑賞しながら、五七五が生徒たちの身近な表現であることを認識してもらう時間とする。

〈第二限〉

五七五創作の時間に充てる。実を言えば、前時終了時に五七五の創作を宿題として課しておくのだが、やってくるのは数人程度。そこで改めて、本時を創作の時間に充てるのである。今度は全員提出を義務づけて。

教室では、ここでたいがい喚声があがる。「ええっ〜！」「できっこないじゃん」と叫ぶ男子。「一人三句以上作ること」と私が追い打ちをかけると、「ウッソー」と今度は女子が叫び出す。そこで、言い返す一言がコレ。「静かにしなさい。必ず出来る！　この時間、キミたちは〝詩人〟になるのだ（笑）」と。この呪文が、案外効いてくるから面白い。

出来ないと甘える生徒に、創作のポイントを指南する。実例を挙げながら。指導のポイントは二点。

(ア)日常生活の中から〝発見〟をすること。最近、アレっ？と思ったことや、ナルホドと感じたことはないだろうか。喜怒哀楽、感動、心の動きを題材とすること。タブーは一切ない。

(イ)その〝発見〟にふさわしい言葉を選ぶこと。何もカッコイイ表現でなくともよい。より適切な言葉を、よりぴったりした表現を選び取ることだ。

「ハイ、そこの○○君！ お隣と私語なんぞしていないで、自分の心と会話をしなさい。そうでなかったら、（窓から見える）雲とお話ししても構わないよ」、「きざなこと言ってらァ」とは○○君。

……以上のようなやりとりをしているうちに、生徒たちはだんだん真剣になる。まさしく〝詩人〟の顔に変わってくるから不思議である。

机間巡視していると、早くも「出来たァ！」と名乗り出る生徒。その生徒の気持ちが伝わってくるよい作品だったらその場で褒めてあげる。みんなにも紹介して、他の生徒への励ましとする。反対に、初心者が陥りやすい欠点が見られたら、そのときは率直に課題を指摘するようにしている。

初心者が陥りやすい欠点は二つだ。

(1)「ひとりよがり」の句になっていないか。

(2)「ありきたり」の句になっていないか。

こんな風に授業を展開していると、五〇分が恐ろしく短い。一人で一〇句以上創作をする意欲的な生徒や、わざわざ家に持ち帰って「もっと作って来たい」と申し出る生徒など、普段の授業では見られない積極的な反応がある。

〈第三限〉

前時に作らせた五七五をプリントして配布。一人一句を基本とするが、なかには二句載せたい場合もあって、クラス全体ではいつも五〇句以上を掲載している。

生徒の句は基本的には直さない。せいぜい誤字脱字程度。プリントされた句には番号だけを記し、作者名は伏せる。そのプリントを教室で配布すると、生徒の表情がいつもとは違う。

プリントにすばやく目を通し、自分の句の存在を確認する生徒。自分の作った作品のどれが採録されているかを確かめて、恥ずかしげに作者名を知られまいとする生徒。あるいは、自慢したくてウズウズしている生徒。さまざまである。

授業開始。

座席順に指名して、掲載作品を読ませる。大きな声で二度読みをするよう、指示をする。プリント上の配列と、座席の生徒の順とが違うので、大概は他人の作品を教室で読み上げることになる。

読みが違っていれば、その場で訂正。後の鑑賞に差し支えるからだ。意味不明の語句についても、その場で簡単なコメントを加える。

一通り読み終わって二五分。読み終わるとしばらくはざわざわ。自分と同じ感性の作品を見つけたり、あるいは全く違った世界を詠んでいることに驚いたり。「おしゃべり」は得意だが、真のコミュニケーションが不足しているかに見える現代の子ども達には貴重な体験だ、と小生は信じている。

次は互選。よいと思った作品を各自がチェックする。一人五句程度の秀句を選んでもらう。ただし、自分の作品は対象外。クラスの雰囲気によっても違うが、「どうしても自分の作品を入れたいと思う人は、優秀句五句の中にそっと入れても構わないぞ」などと言うと、自信家の生徒と目が合って、思わず微笑を交わしたりする。

こんな風にして、生徒たちは〝作者〟から〝読者〟〝鑑賞者〟に変身をするのだ。

五分後、優秀句の投票に移る。文字どおり投票する場合もあれば、挙手の場合もある。挙手の方が盛り上がる。

自分の作品に、果たして誰が手を挙げてくれるのか。自作に誰が共感してくれるのか。ドキドキの一瞬だ。

かくして、結果発表。

最優秀作品や優秀作品の発表へ。つづいて、作者名の公表。栄えある優秀作の作者に即席のインタビューなどもして、第三限の授業を締めくくる。

〈資料：生徒（高校一年生）作品、配布プリント〉

子守歌子供の心を安心させる

鏡見て心の中をのぞけたら

占いを満足いくまでやり直す
メロドラマ思わず下向くラブシーン
バスの中コクンコクンと寝ています
季節はずれの海に思い出捨てにくる
野郎と二人で少しせつないディズニーランド
ヤケで飲む酒のあとには自己嫌悪
風の音何を叫んでいるのかな
コキコキと鳴る自転車の恥ずかしさ
自転車で風と戦い来ています
ローソクをともして消して十六歳
涙ふき笑ってごらんベロベロバー
夏体育大根足が恥ずかしい
問題集買って勉強したつもり
朝寝坊校門ラッシュに巻き込まれ
髪の毛を切る瞬間のためらいを
お年玉貰えるまでは帰らない
サラリーマン朝は電車でイスとりゲーム

これからもずっと眠れよ核兵器

三　まとめ

短歌や俳句、そして川柳も含めて短詩型文芸の成否は、「作者の感動を自分のものにすることができるかどうか」にかかっている。言葉を換えれば、作者の感動を授業の中で再構築できるかどうか、これが最大のカギであろう。

作者の感動、それはつまり他人の感動なのだが、それを自分の世界の中でオーバーラップさせることは容易ではない。短歌・俳句・川柳というきわめて短い詩型ではなおさらのことだ。

短歌や俳句を鑑賞するだけでなく、表現する側に身を置くことは、他人の作品を鑑賞する力と自分の思いを表現する力と、その双方に相乗的な効果がある。そう信じている。実作を取り入れるのもそのためだ。そしてその実作には、季語という制約もなく、生きとし生けるものすべてをその対象とする川柳こそがふさわしい。

そう信じているのだが如何であろうか。

（角川書店『国語科通信』81号、平成3年（1991）10月掲載。千葉県立流山中央高等学校）

『去来抄』の読解からプチ創作の試みへ
―鑑賞者から創作者へのステップとして―

一　はじめに

韻文の授業、とくに短歌や俳句の授業は国語教師にとって永遠の課題なのかもしれない。「作者の感動を自分自身の感動としていかに再構築できるか」――この点にこそ韻文授業の成否がある、そう信じて実践を積み重ねてきた。「授業は生き物」、「即かず離れず」、「教えるが、教え込まない」――そんな呪文も唱えながら、試行錯誤を重ねてきたように思う。

二　『去来抄』を読む

教員になって初めて『去来抄』を取り上げた。古典の授業の常道として現代語訳はせざるを得なかったが、逐語訳に終始する愚は避けた。現代語訳はさらりと流しただけだ。古典と言っても、時代は近世。現代語訳だけなら、一教材に一〇分あれば足りる。テーマは俳論。芭蕉とその弟子のやりとりをどう理解させたらよいか。世界で最も短い定型詩たる俳句の蘊蓄をどう語るべきか。『去来抄』を授業するとは、そういうことなのだ。

最初の教材は「行く春を」。テーマは、「ふる・ふらぬ」である。いまの言葉で言えば、「動く」かどうか、だ。

行く春を近江の人と惜しみけり　松尾芭蕉

江左尚白（近江蕉門の古参）が、芭蕉のこの句を非難した。曰く、「近江は丹波にも、行く春は行く年にもふる（＝動く）べし」と。対して芭蕉は「汝いかが聞きはべるや」と、向井去来に水を向けた。去来は「尚白が難、当たらず」と言い、その理由を具体的に述べて、芭蕉からお褒めいただいたという一章である。

果たしてこの句が「動く」か、どうか。「尚白が難」の通りに芭蕉の句を作りかえてみよう。

（次なる改作例は、教師用指導書にも示されている）

改作1　行く年を近江の人と惜しみけり

改作2　行く春を丹波の人と惜しみけり

三「動く・動かない」の理解

さて、これからが本当の実践である。「尚白が難」の当たらないことは、指導書等の解説でも充分対応できる。即ち、芭蕉句の「行く春」も「近江の人」も、「動かない」ということ。この点を理解させることはさほど難しくはない。

問題はこの次だ。では、「動く・動かぬ」を、具体的に、実践的に、生徒にどう理解させたらよいか。ここで、私は私の得意分野の川柳を利用させてもらうことにした。

〈例句〉あんまんはセブンの方がうまかった　※「セブン」＝「セブンイレブン」

右は前任校の生徒作品。この句は、明らかに「動く」。「動く」ことの実習用例句として使わせてもらった。

生徒たちに出題。「あんまん」の句を、「江左尚白流に動かしてみてください」と。

まずは、改作の1の要領で。以下は生徒の作品。

改作1　肉まんはセブンの方がうまかった

そうそう、それでよい。その調子。

改作1′　中華まんはセブンの方がうまかった

改作1″　カレーまんはセブンの方がうまかった

今度は、改作2のパターンに移ろう。

改作2　あんまんはファミマの方がうまかった　※「ファミマ」＝「ファミリーマート」

上手い上手い。

二つめのパターンもこれでよい。

改作2′ あんまんはデイリーの方がうまかった

改作2″ あんまんはampmの方がうまかった

最後はひどい字余り！ 教室に笑いが巻き起こった。ひとまずは成功と言ってよいだろう。

「動く・動かない」では、いわゆる「鶏頭論争」が知られている。正岡子規の句に、「鶏頭の十四五本もありぬべし」がある。句語「鶏頭」や「十四五本」が動くかどうかで、その評価が分かれる。授業でも論争のエッセンスを紹介し、韻文表現の深さを考えさせる材料としたのだが、紙数の関係でここでは割愛させていただく。

四 〝読み手〟から〝作り手〟の立場へ

古典の授業というのは、(誤解を恐れずに言ってしまえば)通釈が済めばだいたいそれで終わりとなる。古典と現代とに横たわる、主として言葉の障害を取り除くこと。この点に授業の大半が費やされる。

韻文の場合はどうか。現代文と古典では多少授業の趣を異にするが、基本的にはごく普通に解釈をして、理解をさせることにやはり重点が置かれているようだ。それが現実であろう。

その一方、韻文の授業が単なる理解の段階に止まっていてよいのだろうか？ そうした「危惧」の念。それではいけないのではないか、という一種「自責」の念。良心的な国語教師ほど思い悩んでいる。

何とか韻文らしい授業を展開したい。作品の理解から鑑賞へ、さらにステップアップした授業は工夫できないものか。心秘かにそう考えている教師も少なくない。

一つの案だが、左記のような段階を踏んで授業を進めてはどうか。

Ⅰ　韻文作品の解釈・理解
Ⅱ　韻文の鑑賞
Ⅲ　韻文の創作
Ⅳ　創作した韻文の推敲・添削・互選・合評など

韻文の授業では、やはり創作の時間を設けたい。自ら作品を創ってみること。創作という、「産みの苦しみと喜び」を味わうことによって、初めて韻文表現の妙に近づくのだ。

「作者の感動を自分自身の感動としていかに再構築できるか」――そこに韻文授業の成否がある。私はこう述べた。作者の感動、すなわちそれは〈他者〉の感動にしか過ぎないのだが、その他者の感動を自らのものにしていく。そのために、作者の創作過程を生徒に一度は辿らせてみたい。ある表現に行き着くまでには、作者にも試行錯誤があったはず。一つの表現は、作者にとっても固定的で完全無欠な、最初からの完成品ではないのである。韻文の読み手から作り手へ、理解者・鑑賞者から創作者へ、その立場を転換させることによって、韻文の理解度は格段に深まる。韻文の真の理解者への一里塚となるにちがいない。私は、そう信じている。

とは言うものの、教師を取り巻く現実は厳しい。困難な点を私なりに列挙するならば、次々と思い浮かぶ。

ア 韻文理解には個人差が大きいこと。
イ 鑑賞を深めようとすると、個人個人の領域や体験に踏み込まざるを得なくなること。
ウ 句の鑑賞を教室全体の話題とするには、一クラス四〇人定員では多過ぎて、散漫になりがちなこと。

そこで、良心的国語教師は次善の策を考える。

エ 教師個人の感想を作品鑑賞として代替する。
オ 指導書の記述を（もっともらしく）解説する。
カ 生徒に感想文・鑑賞文を提出させて終わりとする。

近年は、右の困難にさらに追い打ちがかかる。学校五日制と学力低下だ。配当時間がただでさえ不足しがちな上に、生徒の語彙の貧しさも加わって、ステップアップは夢のまた夢になってしまった。何とも哀しい現実ではある。

じつは今回、私が工夫したのもこの点にこそあったのだ。

五 プチ創作の試み

川柳界では、「穴埋め川柳」「虫食い川柳」が流行っている。朝日新聞夕刊紙には「虫食い川柳」欄が設けられ、一定の人気があるようだ（執筆当時）。まずは語彙力の養成も兼ねて、ここからスタートすることにした。

〈問題1〉　（正解はいずれも漢字一字）

a　安くとも三食□とはいかず　（中沢広子）

b　泳げないから散骨は□にして　（由良晏子）

c　□拭くここが私の新天地　（江畑哲男）

プリントは作成せず、右三句を黒板に大きく書き出す。この方が「座の文芸」らしい。正解をみんなで考えようとする雰囲気の醸成にも役立つと考えた。予想通り、生徒の顔がだんだん上がってきた。（正解：a卵　b山　c机）

〈問題1〉は、一種のウオーミングアップ。穴埋めの正解を探り当てることがじつは目的ではない。創作者の立場に立って、ふさわしい表現を模索することに狙いがあった。

『去来抄』の次の教材は「下京や」だった。

こちらのテーマは、冠の当否である。「冠」即ち上五が、中七・下五と似つかわしいかどうか、だ。句語の適否は、俳文学を専門に研究している人でも判断に迷うもの。そのあたりを、生徒にどうぶつけてみたらよいか。

この時も私は川柳を活用した。季語・切れ字など制約の多い俳句よりも、ここは川柳がふさわしい。直接的な問題提起が出来る。そう考えた。以下は、生徒に投げかけた「上五の穴埋め川柳」の問題だ。ちなみに、これらは江畑哲男オリジナルであることをお断りしておく。

プリントは作らず大きく板書、等の要領は前述同様。

〈問題2〉

① □ 受験勉強いま佳境

② □ 母の小言を聞き流す

③ □ ちょっと大人になりました

〈問題2〉には、当然のことながら「正解」がない。そこが、〈問題1〉とは違うところ。それでいて、創作の喜びをある程度味わえるように構成されている。

創作とは言うものの、実際は上五部分のみ。「プチ創作」と私が名づけた所以もそこにある。

生徒の答をご覧いただこう。

①の解答。「春過ぎて」「二学期だ」「冬になり」等々。いずれも無難な答えだが、平凡でもあった。しばらくして、迷答？が飛び出した。「オレ以外」という答。「オレ以外受験勉強いま佳境」（爆笑）。こうした意外性こそ、座の文芸の面目躍如といったところなのだ。
（②の解答も紹介しておく。「うるさいと」「反抗期」「ウオークマン」「目はテレビ」、ほか。）

六　プチ創作の妙味

生徒がどんな答えを出してくれるか。一番期待したのが、③であった。①②は、③のために用意した練習問題に近い位置づけだった。そのため、①②は上五を比較的入れやすいように設定してある。テーマも具体的で、生徒の生活感覚の中から句語を引き出すことが可能であろう。いろいろ配慮もして、問題を作成したつもりである。

①②が終わり、本命のオリジナル③に発問を移行した。①②よりも、③の解答範囲は広く、バラエティーに富んでいるはず、である。

③　□　ちょっと大人になりました

果たして、その③の解答。「酒タバコ」「嘘付いて」「失恋で」、と出てきた。ここら辺りまでは想定の範囲内。ただし、「失恋で」という女子の答えが出されると、教室から反応があった。「ほうっ」という反応が。この答を私は即座に褒める。拍手。すると、同趣旨ながら別解を述べる生徒が出て来た。「髪切って」である。これまた女生徒であった。

教室は俳諧の即席句座となった。芭蕉から三〇〇年余を経ての句座である。「失恋で」と「髪切って」。そこで私は、この二つの上五の優劣を生徒全員にすかさず問うてみた。結果は「髪切って」の圧勝。生徒の表現力と理解力もたいしたものだ。

最後に、〝宗匠〟たる私の講評。

《「失恋で」の上五もなかなか素晴らしかった。ただし、少々説明的なのが難である。韻文は説明ではない。説明は句の世界から〝広がり〟を奪ってしまう。その点で、「髪切って」の方が優れている。教室のみんなもそう評価したのだと思う。

「髪を切る」という具体的行為と、中七・下五の抽象的な言い回しとの間に、一種のアイロニーが生まれた。切れ・間・空白と言ってもよい。この切れ・間・空白の存在が、ポエムをポエムたらしめている。詩の中に二者が屹立する場合、その二者は付き過ぎても離れ過ぎてもいけない、……。》

生徒からは納得の頷きが返ってきた。

余談ながら、宗匠たる私の答。

一つ目は「恋冷めて」「恋冷めて少し大人になりました」。「私たちと同想では？」という反応の視線があった。

二つ目、「離婚印」「離婚印少し大人になりました」。生徒苦笑。

最後は、「向かい風」「向かい風少し大人になりました」。生徒、？？？

「向かい風」のような比喩的表現を持ち出すと、一瞬戸惑うようだ。上五「向かい風」と、中七・下五の間には一種の〝火花〟が散る。この火花が新たな詩的世界を生むことにもなる。ここがまた興味深いところ。

わずかに十七音の世界だが、一字一句の違いでこんなにも多彩で多面的な世界を演出できる。かくして、十七音の世界は無限に広がる。

こう結んで授業を終えた。

七　まとめ

縁あって歌人の俵万智さんと手紙をやりとりしていた時期があった。万智さんが、まだ神奈川県の国語教師だった頃だ。ある時、彼女は自身の授業に触れてこんなことを書いて寄こした。

「私もたまに（大胆にも）自分の作品をプリントして、教室で配るということがあります。ただ何かを〈教える〉というだけでなく、私も〈つくっている〉人間の一人なんだヨ、ということをわかってほしくて、……。生徒たちも結構よろこんで読んでくれているようです。」

まだ無名時代の俵万智さんの手紙の一節である。

創ってみて初めて理解できる。短詩型文芸にはそんな宿命じみた部分が確かに存在する。『去来抄』にも、「わが俳諧の上達するにしたがひて、人の句も聞《きこ》ゆる物なり」（向井去来）という一節があるほどだ。

韻文の授業は難しい。まして歌論や俳論は、表現の是非・句語の適否がテーマになるだけになおさらである。創作者でないと、真に理解し難いエキスが混在し、散在している。その一方で、国語の授業で韻文ばかりに時間をかけるわけにはいかない現実がある。ジレンマだ。

私のプチ創作の試みが、これまで述べたような困難を打開する一助になれば幸いである。

（創意工夫型国語系情報紙『新風』第2号、桐原書店、平成18年（2006）／千葉県立東葛飾高校）

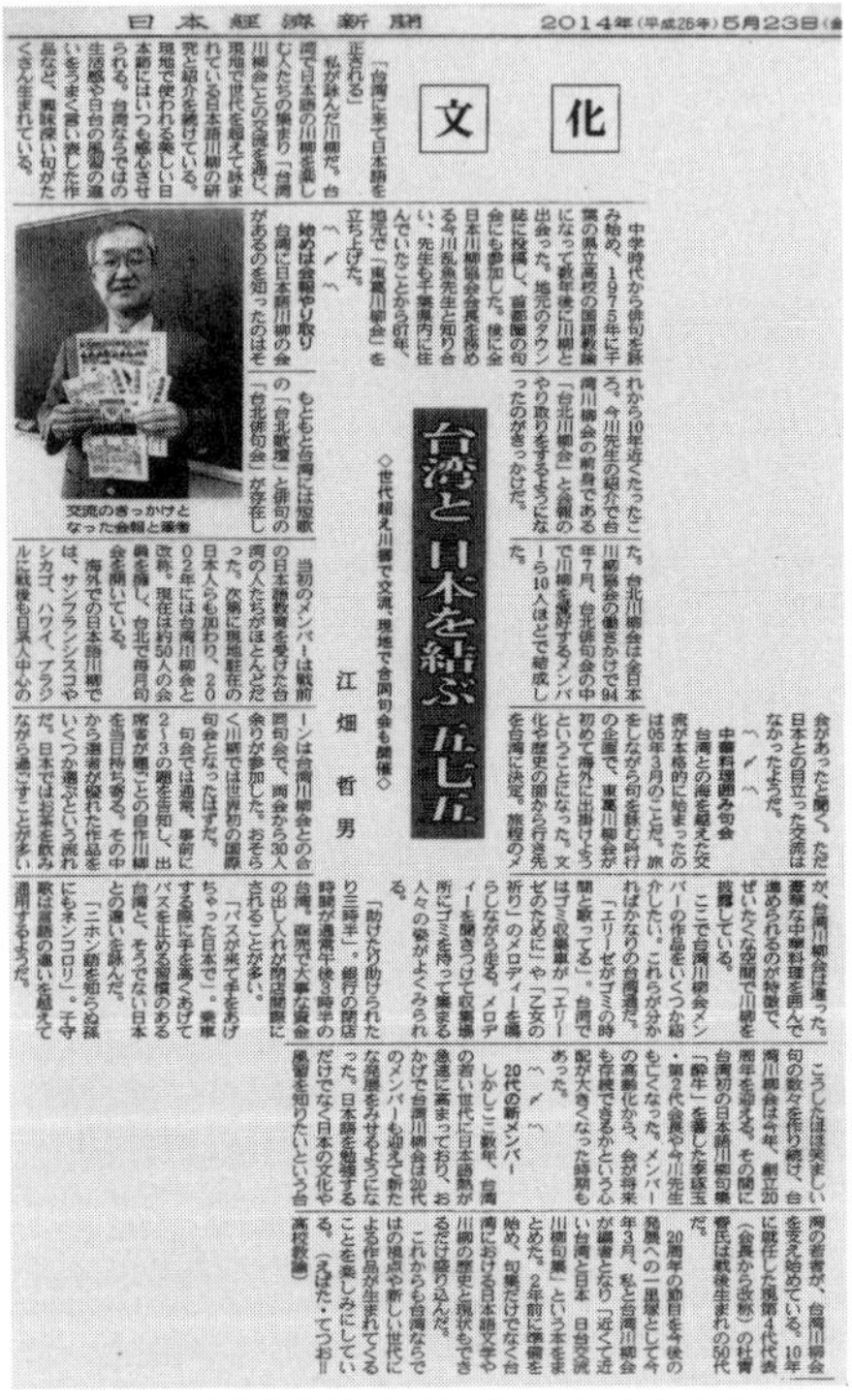
日本経済新聞　2014年（平成26年）5月23日
文化
台湾と日本を結ぶ五七五
◇世代超え川柳で交流、現地で合同句会も開催◇
江畑　哲男

日本経済新聞（2014年5月23日付）

韻文の授業と「心の教育」

――日本における近年の「学力論争」ともからめて

一　変貌する「日本の教育」

限られた紙数のなかで「日本の教育」の現状を大づかみで申し上げるならば、「危機」という二字の熟語が残念ながら当てはまる。これが私の現状認識である。諸外国から高い評価を受けてきた「古き良き日本の教育」は、終焉を迎えつつある。原因は種々考えられよう。しかしここでは、「学力問題」にしぼって論を展開することにしたい。

①　「ゆとり教育」という流れ

いわゆる「ゆとり教育」の方向が確定したのは、一九八〇年代半ばではなかったか。背景には、「今日の教育問題は、学歴社会や受験競争・詰め込み教育に起因する」という思い込みがあった。校内暴力も登校拒否も、いじめも高校中退も、すべて悪いのは学校や勉強の「圧力」のせい。そんな思い込みから種々の「教育改革」が進められてきた。右記認識に基づく施策も次々と展開された。「学力よりも人間性を」、「諸外国はもっとゆったりしていますよ」、といった情緒的な囁きを効果的に綯い交ぜながら。

この「(受験)勉強=悪玉論」に異議を唱えたのが、九〇年代後半の「学力低下論争」であった。この論争はいま読み返しても新鮮である。精神科医の和田秀樹、西村和雄京大教授、苅谷剛彦東大助教授(いずれも当時)ら論客の指摘や批判、実証的研究等々は再読の価値ありと信ずる。

わが国は近代以降、欧米を範として自己変革を進めてきた。戦後模範としたのはアメリカであった。そのアメリカが国家と教育の危機に直面するなかで、「日本の教育」を一つのモデルとしたのは歴史の皮肉と言うべきであろうか(米国連邦教育省報告書『国家の危機』(『Nation at Risk』、一九八三年)。

②学校五日制の歩み

旧文部省が「知識偏重の教育」を見直す施策の一つに、学校五日制の具体化があった。その歩みをたどろう。

一九九二年(平成4)九月、月一回の学校五日制の実施。(上記の実施はナント年度の途中で行われた。)

一九九五年(平成7)四月、学校五日制が月二回に。

一九九八年(平成10)一月、学校完全五日制に向けた、教科内容を三割削減する新学習指導要領を発表。

二〇〇二年(平成14)四月、学校完全五日制の実施。(一八七二年〈明治5〉の学制発布以来、一三〇年にして学校完全五日制に移行。)

③授業時間の減少(公立高校の現状)

学校完全五日制下で授業日数がどうなったか、具体的な数字を挙げて検証してみたい。(参考・本校のデータ、〇三年)

出校日数　一九五日(53・3%、分母は三六六日)。

平常日課　一二九日(約35%)、授業の一部カット　三七日(約10%)、授業のない日課　二九日(8%)。

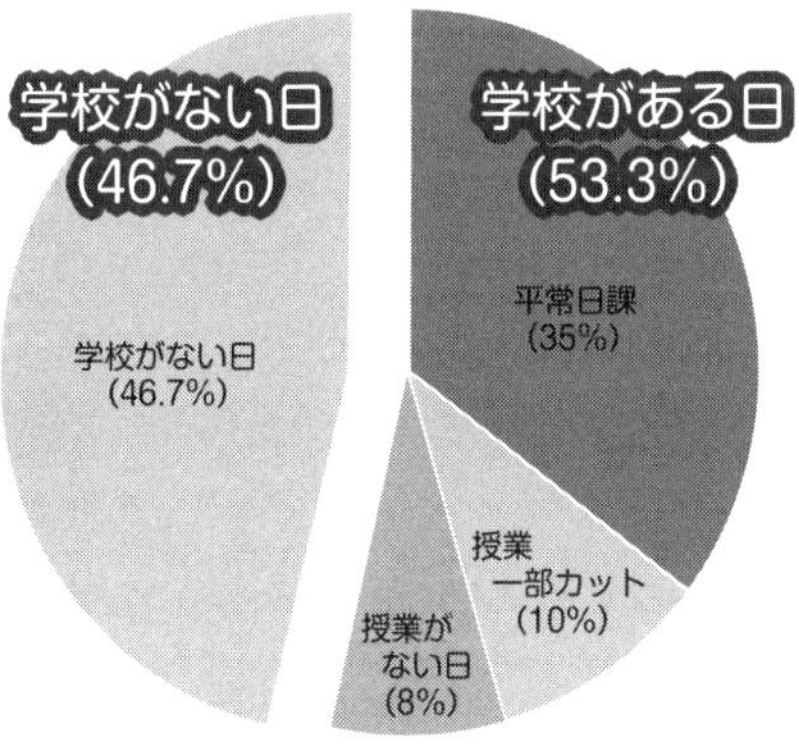

授業時間の減少

④「ゆとり教育」下の子どもたち

「ゆとり教育」の推進、学校五日制の完全実施、授業時間の大幅減少のなかで、「辛抱強く学ぶ」姿勢は過去のものとなりつつある。子どもたちの学習離れが進行するなか、いわゆる「学校成功物語」の崩壊も顕著だ。ショックだったのは、「下位の勉強否定型人間ほど自己有能感が高い」というデータ（苅谷剛彦）。背景には、「教育改革」以降の、行き過ぎた「エリート否定」の風潮とその影響があるものと思われる。いまや、「日本で一番強いのは（自称・社会的）弱者だ」という小生流のジョークが、真実味を帯びてきた。しかしながら、こうしたなかでも私は「天下国家のために有為な人材を育成すること」を健気にも心がけている。

二　私のささやかな実践

前項で述べた危機感と現状認識を背負いつつも、現在の私はおかげさまで日々の授業を楽しんでいる（担当は高校の国語）。当然ながら生徒への愛情があり、それゆえ「生徒は鍛えるべしという信念」をも併せ持つ。生徒を鍛え、生徒とともに成長したいとも願っている。生徒の側にも、志ある教員の期待に応えようとする姿勢が少なくとも本校にはある。この点は有り難い。

さて、具体的な実践報告に移る。紙数の関係で、韻文の授業実践について、そのエッセンスのみ記させていただく。

①国語教育に於ける韻文の位置

日本の教科書には、短歌や俳句などの韻文が多くの教科書に採録されている。それだけ国語教育に於ける韻文の位置や役割が、大きいことを示している。短歌や俳句などの短詩型文芸の愛好者は一〇〇〇万人に達するとも言われ、韻文は日本人にとっての国民的文芸と言っても過言ではない。（かく言う小生も、川柳という人間味あふれる韻文作家の一人である。）

②韻文授業のポイント

韻文の授業のポイントは、作者の感動を再構築できるかどうかにある。「他者である作者の言葉と心情を、自分自身にどれだけ取り込むことが出来るか」。ここがポイントであり、この点にこそ韻文授業の成否があるものと信ずる。

③作者と読者の関係・距離

したがって、韻文授業の根底には「他者理解」が必然となる。韻文という媒介を通して、他者たる作者の喜怒哀楽に迫る。これが「鑑賞」と呼ばれる作業だ。人間は所詮、自己を通じてしか「他者」を理解できない。狭い自己、直接及び間接体験の貧しい中からは、豊かな韻文鑑賞は生まれない。ここで言う「他者理解」は、人間理解と言い換えても良いだろう。かくして、韻文の授業は人間を理解することから出発するのである。

④創作は自己省察と内的コミュニケーションの深化

韻文の授業では、しばしば創作活動が取り入れられる。日本の短歌・俳句・川柳は、創作文芸に適している。日本人のほとんどは、短歌・俳句・川柳などの創作体験を持っている。これらの創作過程では、自分自身と向き合い、自己と対話し、さらには自己内対話を深めるといった、内的コミュニケーションの深化の過程が繰り返される。

⑤創作過程における二つのステップ

韻文の創作過程では、二つのステップが必要になる。

第一には、作者自身による己の喜怒哀楽を対象化するという作業がある。韻文に於ける感動の中心をどこに置くか、という作業でもある。この作業過程で、自己を見つめ、自分自身の喜怒哀楽の心情を改めて吟味・検証することになるのだ。

第二のステップは、自己の感動をいかに「外化」（ヘーゲルの用語）するか、である。すなわち、どのような言葉を選び、どの表現を用いて文芸に昇華するのか。外化には、当然ながら「他者」の存在が意識されよう。他者たる読者にいかに伝えるべきか、自己の心情と表現、その両面からの葛藤が繰り返される。こうした過程は、生徒の人間形成に必ずプラスになると信じている。

⑥まとめ

豊かな心情は豊かな言葉にこそ宿る。「学力論争」に於ける「頭か心か」という単純な二項対立については、もはや解答の必要はあるまい。紙数・時間及び翻訳等の関係で具体論を展開できなかったのは残念だが、台湾の地では日本の短歌・俳句・川柳がいまも息づいている。その台湾の先生方なら、私のレポートの真意は理解していただけるものと確信して締めくくらせていただきたい。

〈参考資料〉

（1）生徒の創作川柳（出題「折り句（て・っ・お）」）

手紙とは募る思いを贈るもの　高校一年・木村葉月

天才はつまらんミスを犯さない　高校一年・田口　悠

（2）台湾人の川柳（台湾川柳会前会長、平成17年（2005）8月没、李琢玉川柳句集『酔牛』より）

ニホン語を知らぬ孫にもネンコロリ　李　琢玉

この國の行方をシナの通せんぼ　李　琢玉

（研究会のテーマ「道徳教育」、平成21年（2009）12月27日　台湾 新竹市・中華大学／日本側発表、千葉県立東葛飾高校）

入学式今日の瞳を信じよう

硬い笑顔で一年Ａ組の契り

教え子の乳房がふたつずつ笑う

胡瓜かく曲がるべからず内申書

百合芬々　不登校児の応接間

青年教師時代

校内暴力教師不信の目・目・目

ボーナスよ数えただけでさようなら

何かあったらしい　何でもないと言う

永遠の不可解　江畑哲男の死

一番好きな女にいつも叱られる

●川柳を発信する　記念講演（要旨）

日本語の魅力を語る

こんにちは。ご紹介いただきました江畑哲男です。第二九回「時の川柳交歓川柳大会」のご盛会、誠におめでとうございます。そして、小生のような若造（世間的には若くない！）を、記念大会の講師にお招き下さった矢沢和女主幹をはじめとする時の川柳社の皆さんに、心からの御礼を申し上げげます。有難うございます。

私・江畑哲男は、二刀流を貫いて参りました。大リーグでいま活躍中の大谷翔平君より、ずっと以前からの「二刀流」です（笑）。

私の場合は、学校教育と生涯学習の二刀流。高校の教壇に立ち続けて四〇年余。川柳を始めてから約四〇年。後半の二五年ほどは、生涯学習として川柳を位置づけ、その楽しさを宣教師のように説いて参りました。

江畑哲男のライフワークは二つあります。川柳を通じて、生き甲斐創造のお手伝いをすること。さらには、川柳の魅力と日本語の魅力のコラボレーションの追求。川柳の魅力と日本語の魅力を発信し、普及することです。

一　日本語は面白い

本日の演題は、「日本語の魅力を語る」。川柳の大会では、川柳そのものが講演のテーマになったり、川柳作家や川柳作品を語るということはよくあることです。趣向を変えて、歌や踊り、マジックなどのアトラクションが企画されることもありましょう。しかしながら、日本語に特化した講演、日本語の魅力自体を語るという講演は珍しいのではないでしょうか？

その日本語、面白いですねぇ。

「微妙」と「ビミョー」の違い、分かりますか？

前者は文字どおりの微妙ですが、後者は若者が使うビミョー。ナント、微妙でない場合にも使われます。

高校の現場。進級が危ぶまれている成績不振のA君に、期末考査が終わった直後、担任が心配そうにその結果を尋ねました。「テスト、どうだった？」と。

A君は勉強をしませんでした。努力を怠りま

講演中の著者

した。たぶん結果も良くないものと予想が付きました。しかし、心配する担任の先生にそんなことは言えません。言いづらいのです。この時、A君が使ったのが「ビミョー」でした。

便利な言葉ですね。

実際は微妙でも何でもない。A君は、担任の質問から逃れたかっただけでした。ハッキリとした返答をしない方が得策だと、A君は考えました。そこで使ったのが、ぼかし表現の一つとしての「ビミョー」(会場からは納得の頷き)。こういう場合は、カタカナ表記が普通です。(右の例のほか、「病気」と「ビョーキ」、「携帯」と「ケータイ」、「路駐」と「路チュー」、「手ぶら」と「手ブラ」の違いにも触れる。ココでは割愛)

日本語は曖昧だとよく言われます。たしかにそうした一面もありましょう。「湯呑み」と「酒呑み」。同じ「呑み」ですが、内容が違います。その違い、分かりますか?前者は容器を指しています。後者は?そう、容器ではなく人間を表しています。「主語が分からない」という指摘もしばしばされるところです。

その昔。ドナルド・キーン氏(日本文学研究者、当時はアメリカ人)は、文豪・川端康成と面会して尋ねました。名作『雪国』は冒頭から翻訳が難しい、と。

〈国境の長いトンネルを抜けると雪国であった。〉

キーン氏曰く、右の文には(英文法の感覚で言えば)主語が欠けている。主語は「列車」ですか？「私」ですか？「我々」？「彼ら」？……？？？冒頭からして難解です。
D・キーン氏は、一九二二年生まれ。日本人よりも日本（語）を愛するアメリカ人。東日本大震災直後、多くの外国人が日本を離れましたが、キーン氏は逆に「日本を信じたい」として日本に帰化を申請し、認められました。（川端康成のノーベル文学賞受賞にまつわるエピソード類は割愛）
日本語には、理詰めで聞かれると困ってしまう言い回しがあります。
▽「あのお寿司屋さん、美味しいわよ」（↑お寿司屋は食べられない）
▽「缶ごと、ぐっとお飲み下さい」（↑缶は飲めない）
▽「清宮がホームラン打った」（↑清宮が打ったのはボール）
▽「注意一秒、怪我一生」（↑正確に言えば「不注意一秒」ではないのか？）、……。
挨拶の言葉「ちょっとそこまで」も、じつに曖昧です。「ちょっと」でどのくらいの時間？「そこまで」って、どの辺りまで？

私は昨夕、千葉県我孫子市からこの神戸までやって来ました。ご近所の方には、「はるばる神戸まで講演に行ってきます」とは言いませんでした（笑）。

（ご近所の方）「お出かけですか？」、（江畑）「はい、ちょっとそこまで」（笑）。日本語はコレでいいんです。

二　曖昧性にこそ日本語の価値

歌手のアグネスチャンは、来日当初、日本の演歌（歌詞）が理解できませんでした。

「♪夜の新宿、裏通り。肩を寄せ合う、通り雨♫」。

「だから何なのよ！」と思ったそうです。中国人（正確には香港人）の彼女には、日本語の奥行きまでは思いが及ばなかったのでしょうね。

日本人なら分かります。何故なら、歌詞と歌詞の間、その行間を読み取ろうとするからです。昼間ではない「夜の新宿」、表通りではない「裏通り」。ナルホド「訳ありだナ」（笑）と。

「♬よこはま・たそがれ、ホテルの小部屋。くちづけ残り香、煙草の煙……♪」。

前半の歌詞は、すべて名詞で構成されています。動詞がありません。名詞を並べただけで、描写がありません。でも、理解できちゃうんですね、日本人は。日本語は不思議です。

先ほど、日本語の曖昧性について触れました。「曖昧性」とは西欧から見た尺度ではないでしょうか？　日本語の「曖昧性」、それこそが日本語の特長なのです。良さなのです。曖昧だからこそ奥行きがある、余韻・余情があるのです。

（だんだん皆さんの顔が上がって参りました。有り難うございます。）

小説『雪国』の冒頭には、たしかに主語がありません。主語がないから曖昧だと、西欧人は考えてしまいます。しかし、日本語的感性で言えば、主語がないからよいのです。主語をあえて限定しないところに、日本語らしさがあります。日本語の機微があるのです。

全部は言わない、言い切らない。曖昧性を残す。限定しない部分があると、読者はその沈黙部分を読み取ろうとするのです。

六大家の一人・前田雀郎は、これをこう解説しました。

〈（コトバの遠慮）詩歌においては読者もまたそれの共同作者であるといえぬこともないのである。句の余韻余情というものは、そういう読者の心をもこれに遊ばすべく、作者の中に残した一つの客間ともいえる〉

時の川柳社の三條東洋樹師も言っております。

〈川柳は文芸であって報告ではない。〉

その通りです。

「愛すればこそ」（谷崎潤一郎）という小品があります。

誰が・誰を愛するのか、タイトルでは分かりません。ソレでいいじゃないですか。だからこそ、逆に普遍性がある（広がりのある）表現になっているのです。

「ちょっとそこまで」。この曖昧さで、即かず離れずの距離感を保つことができるのです。「缶ごと、ぐっとお飲み下さい」、缶ごと飲む人なんていませんよ（笑）。

言わなくてもよいことは言わない。コレが日本語の粋です。粋の反対は、野暮！

三　日本語の特長

レジュメ（日本語の特長1）。飛ばします、ザンネン。

①三種類以上の語種
和語、漢語、カタカナ語、混種語ほか
②三種類以上の文字表記
漢字、カタカナ、ひらがな（＋α）
③日本語化した漢字の奥深さ
漢字のルーツはたしかに中国（大陸）
現在日本で使われている漢字↓（長い年月）
↓さまざまな日本式改良↓わが国独自のもの。
ゆえに、**漢字は日本語である**

レジュメの「日本語の特長2」だけは、少し触れましょう。

④打ち消し形の余韻・含蓄
肯定文より、打ち消し形の方に含蓄がありますね。川柳人なら、皆さんなら、もうお分かりでしょう。

「お酒は好き」という言い方よりも、「嫌いな方ではない」（笑）。こちらの言い方の方が粋です！「川柳が上手」ではなく、「下手な方ではない」。前者よりも後者の方が、はるかに含蓄があります。余韻・余情が広がるのです。

皆さん、如何でしょうか？（広がる頷き）

四　「川柳もどき」と、私たちの川柳

もう多くは申しません。まとめに入ります。

世間では、「○○川柳」がウケています。その中には、たしかにユニークな発想も見られます。痛快な表現もあります。しかし「奥行き」がない。日本語がダメ。機微がない。

一方、私たちの川柳には日本語の魅力満載です。日本語の長所をいっぱい発信しております。ご覧下さい。

①汜濫するニセモノの川柳

うちの嫁後ろ姿はフナッシー　（段三っつ）

ひ孫の名読めない書けない聞きとれない　（松本俊彦）

家事覚え火事になりかけ家事解雇　（内藤幸雄）

②「文芸川柳」の魅力

学校を出て正直を叱られる　（三條東洋樹）

政治家の妻は哀しき笑顔持つ　（三條東洋樹）
夫婦とは喧嘩した夜も寝間を敷き　（三條東洋樹）
台風の進路貧しき島ありき　（三條東洋樹）
黒板を叩いてこれがわからぬか　（亀山恭太）
晩成の素質と巧い内申書　（亀山恭太）
何かあったらしい 何でもないと言う　（江畑哲男）
熱血教師のまま還暦となりにけり　（江畑哲男）

「ニセモノの川柳」と「文芸川柳」、この両者を比較・対照させることで、まとめとさせていただきます。

ご清聴、有難うございました（拍手）。

（平成30年（2018）5月、第29回「時の川柳交歓川柳大会」於神戸市／東葛川柳会代表）

「川柳を教科書に」の運動の前進のために

一　まずは問題の正しい理解から

一種の「公憤」からこの原稿を書いている。正直申し上げて、「分かっていないナ」というのが小生の実感である。

「学習指導要領」を読んでいないのは、当然かも知れない。教科書掲載の意義を理解出来ないのも仕方あるまい。困るのは、自身の勉強不足を棚に上げて、事あるごとに「自説」を振りかざす人間である。そんな川柳人の何と多いことか。

川柳界にはひねくれ者が多い（笑）から、Aと言えばBと言いたがる傾向はある。これには目をつむろう。しかし、論拠に乏しい自説を振り回すような、空疎な議論だけは御免被りたい。時間の無駄。少なくとも子どもの現状を、学校の実状を、教科書掲載の意義等を、「知る努力」だけはしていただきたい。知ろうとする努力の上に立って、激論が闘わされるのは大いに歓迎したい。
子どもの現状、学校の実状を理解していただくために、少々回り道をする。
そのための「余談」をお許しいただこう。

〈エピソード①〉

子どもたちがメモを取らなくなった。ノートさえも取らない傾向がある。週番が連絡事項を各クラスに伝えるが、その際に高校生はメモを取らない。えっ、どうするの？ ケータイ電話の写真機能を使って、パチリ。コレで終了。週番はケータイを見てクラスで伝達する。これが進学校たる本校の朝のフツーの光景。（そうなのか！ だから逆に、『東大合格者のノートは美しい』のような本が売れるのだ。）

〈エピソード②〉

モンスターペアレントの実態を『ぬかる道』巻頭言にほんのちょっとだけ書いたら、心ある人からビックリされてしまった。ナルホド。学校や教師に権威のあった時代に育った方からすれば、本当にビックリしてしまう現実ばかり。何しろ、生徒に赤点（不合格点）を付けただけで、親が学校に怒鳴り込んでくる時代なのだ。勉強しない自分の子をこそ叱ればよいのに。

〈エピソード③〉

①・②はじつは序の口で、その他信じられない出来事が教育現場で起こっている。

ア女生徒が証拠隠滅のために、下着の中に喫煙具を隠して逃走した。捕まえようとして女子の腕をつかんだら、「セクハラ」と逆に騒がれてしまった。

イ草木も眠る丑三つ時。警察から電話が入った。問題を起こした生徒を親が引き取ってくれないという。仕方ないので担任教師が出向いて身柄を引き取り、親元まで送り届けた。親からは感謝どころか、「余計なことはするな‼」と教師を怒鳴りつけられた。「いったい誰の子どもなんだ！」とは担任の憤り。

ウ教育委員会勤務の教員。各種問い合わせや苦情電話の対応に追われる毎日。これも仕事と思って務めているが、ひとたびマスコミに「事件」が取り上げられたりするとパニックになる。入学金を納めない生徒に入学式参列を待機させた千葉県の「事件」、入学試験時に服装チェックをして合否判定の参考にした神奈川県の「事件」、などなど。いわゆる底辺校の実態を知らないマスコミ報道を鵜呑みにして、古き良き時代の「学校論」「理想論」を振りかざす。バイアスのかかったマスコミ報道が事前に刷り込まれているので、やむを得ない側面もある。

タチが悪いのは、次のようなクレーマーだ。他県からの長距離電話らしく、「電話代がもったいないから、そっち（教委）から電話を寄こせ」とまで言った後、「（その上で）教育の何たるかをこのオレからとくと説明してやる！」などと吼えたとか。

真実を知らないというのは恐ろしいことである。残念ながら、今のマスコミは巨悪を追及せず、国内の叩きやすい相手（政治家・官僚・学校等々）を叩くのみである。右のような事例が「事件」として報道された場合、学校側としては黙って耐えるしかない。なぜなら、心ある教師は、たとえ生徒や親の側に非はあっても、そうした実態を公にすることは避けようとする。教師の良心が許さないのだ。だから、黙って耐えている。

かくして、ストレスが溜まる。余計な神経を使う。心身ともにへとへとになる。神経の細やかな教師や管理的立場に置かれた教員が、真っ先にノイローゼになるのも無理からぬことであろう。こうしてあたら優秀な人材を浪費する結果となる。

二　教材がないと始まらない

①　教師の夢と現実と

それでも教師は夢を追いかける、子どもたちのすこやかな成長を心から願って。

人によって多少の違いはあるだろうが、教師の生き甲斐は詰まるところ授業なのではないか（無論、悩みのタネも授業に違いない）。より良い、より生き生きとした授業展開をめざして、多くの教師が日夜奮闘する。勤務時間外をも厭わず、研修に励む。そう、知る人ぞ知る。「今日の授業は上手くいった！」、そう胸を張って言えた日の喜びは何とも言い表しようがないのだから。

② 子どもの川柳・教師の川柳

川柳は授業活性化の点で大きな貢献が出来る、そう信じている。本誌『風』の読者なら、きっとお分かりいただけるであろう。川柳の持つ人間味・川柳の持つ視野の広さ・川柳の持つフトコロの深さ等々が、教室の子どもたちの瞳を輝かせるであろうことは、多言を要すまい。

実際に、子どもたちの作品をご鑑賞いただこう。

ももたろううまれてきそうすいかきる　（小三）林　あずさ
隠れんぼ息もいっしょに隠れてる　（小五）沼山　一也
お別れがなければ楽し三学期　（小五）石戸　愛美
新入生活気あふれる「This is a pen.」　（中二）林　卓哉
制服の埃をはらう新学期　（高二）明石美由紀
厚化粧素顔の君が好きなのに　（高二）高橋　洋之
恋人のようにくるまってる毛布　（高三）上田有希子
雪だるまチョップを入れて真っ二つ　（高三）下瀬　真

川柳という文芸を知った子どもたちは、じつに躍動的である。手軽でかつ奥深い自己表現の手段を得て、子どもたちは自らを、自らの思いを自由に語り始める。そうした実践報告は、過去に何度も発表しているので、ここでは繰り返さない。作品の紹介だけをして、次の話題に移る。

一方教師側の作品については、あまり紹介する機会がなかった。若干の解説を付しながら、ここで披露をさせていただきたい。

非行少女孤独ピアスの穴疼く　野谷竹路

校内暴力事件に悩んでいた当時の小生が、衝撃を受けた一句だ。川柳は非行問題にも切り込めるのだと大感激した、小生にとっての記念碑的作品である。ある意味で、小生の人生を変えた一句とも言える。

作者は故人。川柳研究社元代表であり、元中学校長でもあった竹路氏は、昭和四〇年代にすでに「非行」の作品を数多く生み出している。

ここまでは被害者だった非行歴　野谷竹路

非行児の親気が向くと怒鳴るだけ　野谷竹路

非行少女牝犬と化し灯へ群れる　野谷竹路

等々、「遊び方非行」と呼ばれ始めた時代の実像を、見事に先取りして抉り出した。

掲出句に戻る。この作品は「非行」というざらついた現実を見つめながら、「非行」を傍観していない。「非行」と闘っている。客観的な作品のように見えながら、相当の感情移入をしている。すなわち、「非行少女」の「非行」の底にある「孤独」を見抜き、かつ「少女」に愛情ある厳しさを注いでいる。教師ならではの一句と言えよう。

しゃれを言うページも決めてある教師　亀山恭太

黒板を叩いてこれがわからぬか　亀山恭太

PTA会長の子の非行歴　亀山恭太

番傘川柳本社の元幹事長。この方も故人で、元高校教師。牧歌的雰囲気の残っていた昭和五〇年代の学校現場を、じつにユーモラスに詠んでいる。

妻の名と同じ生徒はすぐ覚え　菖蒲正明

取り上げた漫画職員室で読み　菖蒲正明

地獄耳の教師あの子がスパイだな　菖蒲正明

作者は佐賀番傘川柳会会長。長年にわたって子どもたちに川柳の魅力を説き、ジュニア川柳を育成・推進してきた功労者のお一人。県立高校教諭を勤めあげて、十数年前に退職。教師らしい作品の多いベテラン作家である。

③ 川柳教材化への道

右の①・②で、改めて川柳の魅力の一端を、ご一緒に確認出来たように思う。だがしかし、である。課題はこれからなのだ。川柳の素晴らしさを内輪でどんなに理解しても、それをどうやって外部に発信していくのか。まして、教科書に掲載し、授業に取り入れるとなると、その方策こそが重要になる。残念なことに、その方策は現在のところ皆無に近い。

言葉を換えれば、「川柳の教材化」だ。このあたり、従来はまともな議論にならなかった。川柳界内部で軽視されてきたところではあったが、先般ようやく手が付けられた。全日本川柳協会編著『川柳を楽しむために』（二〇〇八年〈平成20〉十二月）というパンフレットの発行がそれである。Ａ５判十五ページの小冊子で、小生が知る限り初めて「川柳教材化」の小さな一歩が記された。目次だけを紹介する。

一　川柳という文芸の概要
　1　川柳とは
　2　川柳の歴史
　3　現代川柳の鑑賞
　4　川柳の作り方　音字数の数え方
二　教科書向けの川柳
　1　小学生向き
　2　中学生向き

3　高校生向き
全日本川柳大会におけるジュニア部門入賞句
三　川柳理解のためのやさしい参考文献

この小冊子の良いところは、

ア固有名詞に（一部ながら）仮名が振ってある。
イ例句が豊富。
ウ川柳理解につながる参考文献が示されている。

本冊子発行の意義は大きい。次のステップにつながることを期待したい。

三　教材化へのステップ

次のステップへ何が必要か？
川柳の本格的な教材化に向けて、課題は山積している。この点を書き始めると、紙数がいくらあっても足りない。さらに言わせていただければ、いささか専門的にならざるを得ない側面を有する。従って、以下箇条書きにて示唆的に課題を列挙することでまとめとさせていただきたい。

①学習指導要領との関連

現行の学習指導要領によれば、中学校国語科の目標は次のとおりである。（小学校・高等学校は省略）

〈国語を適切に表現し正確に理解する能力を育成し、伝え合う力を高めるとともに、思考力や想像力を養い言語感覚を豊かにし、国語に対する認識を深め国語を尊重する態度を育てる。〉

右指導要領が改訂の時期を迎えている。中央教育審議会答申「幼稚園、小学校、中学校、高等学校及び特別支援学校の学習指導要領の改善について」（文部科学省、二〇〇八年〈平成20〉一月十七日）という長い長い題名の解説パンフレットがある。『生きる力』と題された同パンフには「教育内容に関する主な改善事項」なる説明がなされ、関連部分だけ抄録すると次のような記述がある。

〈◇言語活動の充実

◎言語は、知的活動（論理や思考）やコミュニケーション、感性・情緒の基盤であり、国語科において、これらの言語の果たす役割に応じた能力、感性・情緒をはぐくむことを重視する。〉

何が言いたいか。要は、学習指導要領、特に近々に改訂される指導要領を読めば読むほど、川柳にとってはチャンスだということ。またとないチャンスと言っても過言ではない。「感性・情緒をはぐくむことを重視する」「言語活動の充実」に向けて、いまこそ川柳の教材化が求められている。

②教科（国語）として扱う場合の課題・問題点

「教材化」とは、教材だけを用意すれば良いのでは決してない。これまたかなり込み入った説明を要するのだが、端的に言ってしまえば諸条件の整備が肝要なのだ。

「諸条件の整備」とは何か。以下の諸点を視野に入れておく必要があるだろう。すなわち、

(1)学習指導要領の準拠、検定基準のクリア
(2)作品としての優位性よりも、教材としての普遍性・適切性
(3)授業を担当する教員への行き届いたケア（具体的には、教師用指導書の解説執筆や評価問題のサンプルの用意、等々）

このように整理すれば、単に川柳だけを羅列した教材などは教育現場には似つかわしくないことが即お分かりいただけるものと思う。

川柳界の会合などで、「どういう句を掲載するのかが、最大のテーマだ」などと自説を披瀝する川柳人がいる。見当違いも甚だしい。「どういう句を掲載するのか」が、当人にとっては最大

の関心事なのかも知れないが、川柳作品だけを並べた教科書を手にして授業できる教員など、日本全国どこを探してもいない。リアルに現実を直視していただきたい。

③ 教科として扱う場合の課題・問題点 その2

右「諸条件の整備」の一つに、「教師用指導書の解説執筆や評価問題のサンプルの用意」を挙げた。この種の話題を提供すると、またまたしたり顔に青臭い理想論を展開する御仁がおられる。曰く、「試験のための授業はケシカラン」。曰く、「教科書で教えるのであって、教科書を教えるのではない」等々。こういう現実から遊離した「理想論」者には、「到達目標」と「評価」という単語だけご呈示申し上げて先を急ぐ。

結論を申し上げよう。少なくとも高校の教壇事情を勘案すると、川柳エッセイの教材化が最も適切かつ現実的である。実は、数年前からそのように主張もしてきた。田辺聖子が教育出版社に採録されたのも、『川柳でんでん太鼓』（講談社）という川柳エッセイだった。

ならば、教材にふさわしい川柳エッセイは他に存在するのか。小生はこれまで、岩井三窓氏の『紙鉄砲』（新葉館出版）を推してきた。含蓄ある文章とユニークな川柳の取り合わせが絶妙で、現下では最適の教材。そう信じて発言も繰り返してきた。今回改めて読み返してみたところ、残念ながら普遍性という点で瑕疵があるようにも思われてならない。

今川乱魚著『妻よ――ユーモア川柳乱魚句集』（新葉館出版）も、興味深い教材となり得る好エッセイである。何より自然体の語り口に好感が持てる。しかし、果たして試験問題になるのか。より深く再読・精読してみると、いささか個人的な話題に偏りすぎている点も含めて、気になったところである。

そうなのだ。真剣に考えれば考えるほど、教材化のハードルは高くなってしまう。それだけ教材選定には多面的な配慮が要求される。「教科書に川柳を」の課題は、ほとほと困難を伴うということ。この点を、川柳人はよくよく肝に銘ずべし。

以上、教材化に対する小生の見解について、川柳人諸氏のご意見をお伺いしたい。文書にして、本誌『風』編集部宛て（小生宛てでも可）にお寄せいただけると有り難い。特に、全国の国語担当教諭（経験者）のご意見は、ぜひぜひ伺いたいところである。

さらには、川柳教材化のために、川柳エッセイをどんどん執筆して欲しい。川柳人は大いに書くべし。教材とするのにふさわしい作品はやがて、その中から出現してくるであろう。

④「総合学習」として扱う場合

こちらはかなりの実践例があるように聞いている。仄聞するところでは、小学校での実践が豊富なようだ。地元の小学校で川柳を教えたとか、教えて欲しいと頼まれたとか。そんな情報が入ってくるようになった。小学校ではないが、身近なところでは、東葛川柳会の植竹団扇幹事による実践がある。

団扇氏は私立高校の教諭。専門教科は保健体育科だが、週一時間配当されている「総合学習」の時間を利用して、生徒に川柳を教えてこられた。四年間で五講座、およそ一〇〇名の生徒に作句を中心とした指導をしてこられたと言う。詳細は『川柳学』〈第十一号、二〇〇八年〈平成20〉十二月〉に詳しいので、ご参照願いたい。

実践は財産である。実践の交流は、その財産をさらにふくらませる。実践の交流を通じて、教材作成や教授経験の交流を通じて、川柳界の財産を共有したいものだ。どなたか〈あるいはどこかの組織〉が、そうした交流の労をお取りいただく訳にはいかないものか。運動を推し進めるとは、こういうことなのだと小生は確信する。

二点だけ付記する。ほぼ二〇〇〇年〈平成12〉から始まった「総合的な学習の時間」の趣旨は、左記である。

「この時間は国際化や情報化をはじめとする社会の変化をふまえ、子供の自ら学び、自ら考える力などの全人的な生きる力の育成をめざし、教科などの枠を越えた横断的・総合的な学習を行うために生まれ、……〈以下略〉」たものである。

「総合学習」の位置づけを、今度は小学校の学習指導要領で見てみよう。

〈総合的な学習の時間においては、各学校は、地域や学校、児童の実態等に応じて、横断的・総合的な学習や児童の興味・関心等に基づく学習など創意工夫を生かした教育活動を行うものとする。〉

⑤ 生涯学習として扱う場合

こちらの分野に於いても、川柳界は相当の蓄積がある。各地域に於ける川柳の指導者は、公民館講座・寿大学（名称はいろいろのようだが）・各種厚生施設での講師として引っ張りだこの様相を呈している。喜ばしいことである。

ところで、「生涯学習」が叫ばれ、「生涯学習社会」の実現が目指されるようになったのは、いつ頃からであったろうか。臨時教育審議会（略称・臨教審、一九八四～一九八七年〈昭和59～62〉）が打ち出した教育改革の一つに、「生涯学習社会の実現」が盛り込まれた、それ以降か。日本はよい国である。以来、いわば「国を挙げて川柳を振興する条件を整えてくれた」ことになるのだから。

その国の取り組みを時系列で整理する。

▽一九八四年～一九八七年（昭和59～62）　臨教審が四次にわたる答申で、「生涯学習体系への移行」等を提言。

▽一九八八年（昭和63）七月　文部省（当時）に生涯学習局を設置。

▽一九九〇年（平成２）六月　生涯学習振興法制定。

▽一九九〇年（平成２）八月　生涯学習審議会の発足。　（以下略）

重ねて言う。こうした関係法規が整備されて以来、国・地方・民間の施設・機関等の有する多様な学習資源が有効活用されるようになった。川柳界にとって有り難いことだ。要するに、「公」が応援しているということ。この格好の条件を活かさない手はない。

「生涯学習」面での活動も、実践の交流が川柳界の宝となることであろう。実践交流のポイントで、④の「総合学習」と違う点を挙げるとするならば、講義の内容以外の部分が大切である。

つまりは、

(ア)講座開設に至ったプロセス、
(イ)公的機関との事前・事後の折衝とそのノウハウ、さらには、
(ウ)講座修了後の手当て（＝要するに、川柳講座が継続されたかどうか）等々。

とりわけ(ウ)の経験交流は、川柳の輪を飛躍的に広げることにつながるかも知れない。

四　まとめ

かく言う小生は何をしてきたか。

①まずは、教員として実践を積み重ねてきた。実践という試行錯誤を積み重ねながら、理論化をも心がけてきたつもりである。試行錯誤の過程に、主として千葉県内での研究発表等々があった。

若干の自負を言わせていただく。公務をおろそかにせず、かつ国語教師としても人一倍研鑽を積み重ねてきたからこそ、こうして発表の機会を与えていただいてきたものと信じている。詳細は、「東葛川柳会へようこそ」というＨＰの「代表の部屋」をご覧いただくのが、手っ取り早い。そこにはない実践記録等も、末尾に追記させていただいた。

〈参考：ＨＰアドレス〉

http://members3.jcom.home.ne.jp/tousenkai/

※「東葛川柳会」で検索すると出てくる。

②次は、あまりにささやかなので書くのも憚られるが、教壇（学校）と柳壇（社会）とのつながりを意識してきたことだ。この点は、本稿を書きながら気づいたことでもあった。川柳界に対しては教育界の事情を、教育関係者には川柳の素晴らしさを、事あるごとに説いてきた。ジュニア川柳の仕事などは、その両者の架け橋の役割を果たすものと信じている。川柳人にはいささか辛口に過ぎた本稿も、小生のそうした熱意の表れとお考えいただければ幸いである。

（川柳雑誌『風』73号、平成21年（2009）／東葛川柳会代表、早稲田大学国語教育学会会員）

リアリズムの復権

「川柳の集まりって、あんなものなのか？」。

今から数年前のこと。友人が小生に洩らした感想である。聞けば、川柳の大会を覗く機会があったのだという。小生が川柳に夢中になっていることを知っていて、よい機会だから覗いてみた。日ごろ小生が「面白い、面白い」というので、見学してみたのだそうな。

見学しての感想。

「川柳の大会って、オマエさんの話とはずいぶん違うゾ。ちっとも面白くなかった」、友人はそう言った。披講（という言葉をもちろん友人は知らなかった）された作品は、上品だが取り澄ましていて、会場から笑いも反応も起こらなかった。ほかにアトラクションらしいものはなく（ただ楽しそうに酒を飲んでいる集団がいた）、見学をしたけどコレといった収穫はなかった。そう宣うのたである。

たしかに！

川柳がつまらない

「川柳がつまらなくなっている」とは、二〇年ほど前から聞く話である。川柳界の外側では「川柳ブーム」が続いているというのに、川柳界内部からそんな声が漏れるようになってきた。

何故か？

まずは、句会・大会がつまらない。

関西方面はいざ知らず、句会や大会で参加者を楽しませようとする工夫が感じられない。運営も旧態依然としている。題を出し、作品が集められ、選者がそれを選ぶ。作品は選者の価値観だけで篩にかけられる。議論や意見交換はそこに介在しない。先の友人のような「異邦人」を受け入る素地やシステムがそもそもない。少なくとも外部からはそう見られてしまう。

次に、入選句がつまらない。

選ばれた作品はたしかに「文芸的」だが、面白みに欠ける。川柳の三要素たるユーモアを、どこかに置き忘れてしまったかのようである。指摘したいのは、句会や大会の規模が大きくなればなるほど、川柳作品が妙に「高尚化」「文芸化」する傾向である。選者も、大勢の参加者の前では「下手な作品を取る訳にいかない」という意識が働くのだろうか？「道句」的な作品ばかりが高位入賞する。そんな傾向が顕著だ。

三つ目は、高齢化。

最近どこへ行っても、この嘆き節を聞かない日はない。高齢化は深刻だ。その一方、嘆きが深刻な割に対策は講じられていない。要するに、嘆くだけなのである。

好意的に解釈するならば、ナントカしなければいけないと思いながらも、何もできないというのが現状なのかも知れない。そうこうしているうちに、年月が経ってしまう。哀しいことだが、人間トシを取ると思考力も行動力も衰えてくる。

もっと深刻なのは、情報の狭さと偏りであろう。高齢になると、社会との関わりや人間関係がどうしても限定的かつ希薄になる。そうした関係からもたらされる情報は、浅く狭く細く、一面的にならざるを得ない。視野を広げようと大新聞を広げれば、誤報・虚報に塗れている。これでは真実が見えてこないのも当然かも知れぬ。

「面白くない川柳」の底流には?

さて、この小論で取り上げたいのは、二番目に挙げたテーマ、川柳作品の傾向である。「面白くない川柳」に対して、小生は一〇年以上前から警鐘を鳴らしてきた。『ぬかる道』巻頭言(平成16年2月号)をご覧いただこう。

〈最近の川柳界で目に付く二つの傾向。難解句や道句の一部流行。この二者の弱点を選者はなかなか見抜けないらしい。抽象句の世界はそれとして一概に否定するつもりはない。しかしながら、その抽象的な言い回しをよくよく吟味してみると、案外中身の乏しい作品であったりもする。ちょうど、玉ねぎを剥いたときのように、結局何も詰まっていなかったりすることさえあるのである。
一方の道句。道句的な作品には、川柳は真面目な文芸だという主張が底流にある。その主張が強すぎると、作品が硬直化する。真面目な作品ゆえに大きな賞の対象となることも少なくないのだが、世間的にはあまり面白みがないという評価を受けてしまう。特にジュニアの作品において、道徳的な傾向（＝大人にとって好ましい子ども像の反映）ばかりが評価されるのはいかがなものか。選者の高齢化も道句的傾向を加速している。年齢を重ねると、どうしても心やさしい作品の方に魅力を感じるようになるらしい。〉
（拙著『我思う故に言あり』新葉館出版、60ページ）

「近代文学」の精神に立ち戻ろう！

右のような川柳界の「停滞」を眺めていると、坪内逍遙の『小説神髄』が燦然と輝いてくる。そんな気がしてきた。ご存知のように、『小説神髄』は今から約一三〇年も前（明治18年）に書かれた評論である。

近代文学は坪内逍遙の『小説神髄』によって始まった、と考えるのが通説である。この評論を川柳界はいまこそ思い起こす必要があるのではないか。そう思った。

ご紹介しよう。

『小説神髄』の冒頭はこうであった。

〈小説の主悩《しゆなう》は人情なり、世態風俗これに次ぐ。人情とはいかなるものをいふや。曰《いは》く、人情とは人間の情慾《じやうよく》にて、所謂《いはゆる》百八煩悩《ぼんなう》是《こ》れなり。〉

念のため（笑）に、現代語訳を付けておく。

〈小説で最も重要なのは人情を描くことであり、世態風俗がその次である。人情とはどのようなものをいうか。人情とは人間の欲望であって、俗にいう百八の煩悩である。〉

ここで坪内逍遙が説いたことは、二点ある。

①従来の勧善懲悪主義からの脱却
②写実主義の重視

前者は、娯楽でしかなかった江戸の戯作からの脱却を訴えた。画期的だった。後者は、その手法として「写実」を唱えた、ということだ。

要するにここで逍遥は、「文学としての自立性」を主張したかったのである。

昨今の川柳作品に見られる勧善懲悪（＝「道句」）的な傾向も、まさしくこれに当てはまる。ある意味でテーゼ先行・イデオロギー優先の「紋切り型」「公式当て嵌め型」川柳も、これに該当しよう。

川柳をつまらなくしている要因は他にもいろいろ考えられる。しかし、こと作品面に限って言うならば、坪内逍遥博士の唱えた「リアリズム論」が一三〇年の時を超えて光彩を放ってはいないだろうか。

今回は紙数の関係もあり、問題提起だけに留めておく。しかし、新聞の見出しだけで作られたような川柳、頭の中だけで組み立てられたような五七五に疑問を抱く向きは少なくない。「リアリズムの復権」を願うのは、小生ばかりではあるまい。そもそも「リアリズム」なる理念は、本来川柳の持つ〝強み〟であったはずだ。

折しも、文芸川柳確立二五〇年の節目に当たる今年。ご一緒に考えたいテーマと、受け取っていただければ幸いである。

（『川柳塔』平成27年（2015）7月号／東葛川柳会代表、早稲田大学オープンカレッジ講師）

川柳作家・林ふじをのこと

世に知られていない作家を発掘することは、研究者の喜びの一つなのであろう。このたび俳文学者の復本一郎氏が監修して、『林ふじを句集　川柳みだれ髪』（ブラス出版、本体一三五〇円）を世に出してくれた。川柳界に身を置く人間として御礼を申し上げるとともに、読者の皆さんには「こんな女流作家がいたんですよ」と、情報提供のつもりでこの書評を書いている。

何しろ、出版界であまり相手にされない文芸川柳である。マイナーな文芸の、さらにマイナーな作家の実像を、今回公にしていただいた。

接吻のまま窒息がしてみたし
子にあたふ乳房にあらず女なり
「赤ちゃんがほしい」男をギヨッとさせ

林ふじをの代表作だ。

林ふじを（本名・和子）。大正十五年東京生。結婚後小田原で暮らすも、軍人の夫が戦死。娘を夫の親族に託して上京。川柳と巡りあう。

ベッドの絶叫夜のブランコに乗る

機械的愛撫の何と正確な

この指のけがれ拭いても拭いてもおちぬ

川柳に詳しい方なら、同じ川上三太郎門下の時実新子を思い浮かべるかも知れぬ。そう、『有夫恋』（昭和62年、朝日新聞社）で世間をあっと言わせたあの天才・新子である。

林ふじを vs 時実新子。

両者とも、女の情念や業をテーマとして川柳と向き合った。そんな共通点がある。相違点もある。

ふじをは三四歳で早世し、新子は七八歳まで生きた。ふじをは世に知られずに終わったが、新子はベストセラー作家になった。

監修者・復本氏は「あとがき」でこう言う。

《時実新子の作品が、ややもすると読者を意識し過ぎての作為が感じられるのに対して、林ふじをの作品は、メディアを意識していない分だけ（する環境になかった分だけ）、自然体であり、そこにかえっておのずからの誠《まこと》が内包されているように思われる。》

新子がマスコミの寵児となった当時、新子以上の女流作家がいたことを、川柳界の重鎮から教わった。そしてそのふじをを知る川柳人の多くは他界している。

レッテルは寡婦《かふ》で賢母《けんぼ》であたしは女

平静を保たうとする下を向く

ふじをの川柳人生は短かった。短いが故に愛憎のドラマが作品から直にほとばしる。葛藤もあったろう。本著はふじをを作品一五六句を収録しているが、その中からもふじをの「悪女」たる一面と、可愛らしいもう一面を静かに伝えてくれている。

ひとりだけかばつてくれて好きになり

口実は何としましよう日曜日

今回の公刊で、ナゾのまま夭折した女流作家の作品を存分に堪能することができた。

有り難う！

その意味で、天晴《あつぱれ》林ふじを、天晴《あつぱれ》復本一郎、と申し上げたい。

（平成27年（2015）林ふじを句集『川柳みだれ髪』書評「ナゾのまま夭折した女流作家」『週刊読書人』1月16日号／東葛川柳会代表、早稲田大学オープンカレッジ講師）

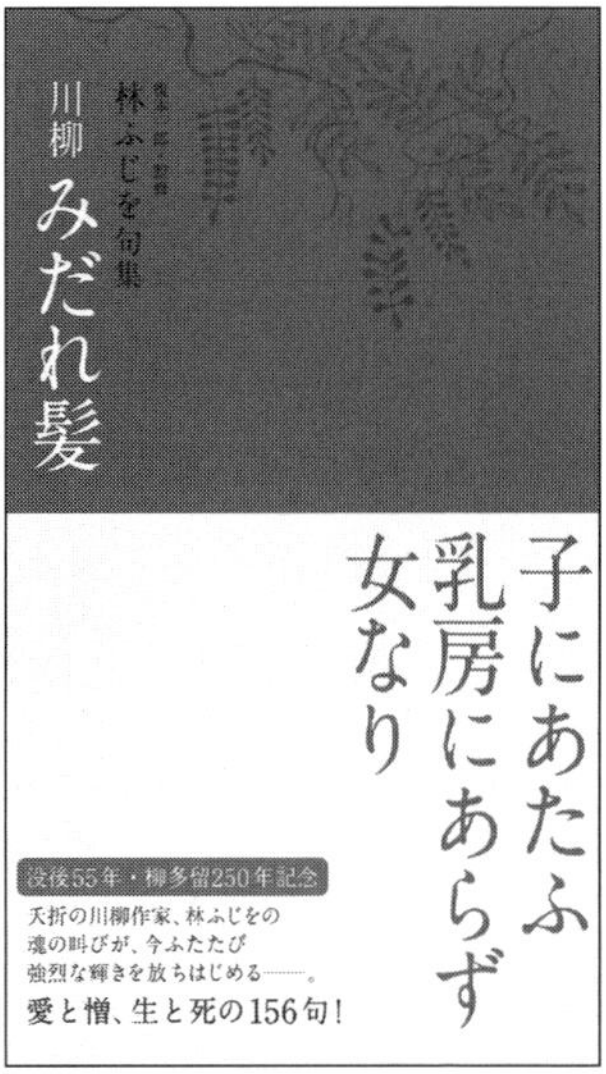

復本一郎監修
『林ふじを句集 川柳みだれ髪』
（ブラス出版）

つひにゆく道——乱魚顧問を悼む

つひにゆく道とはかねて聞きしかど昨日今日とは思はざりしを　（古今集・哀傷・八六一）

（誰にでも最後にはたどる死出の道だとはもとより聞き知ってはいたけれど、それが昨日今日というほどに差し迫ったものだとは思ってもいなかったよ。）

（佐佐木幸綱・復本一郎著『名歌名句辞典』、三省堂）詞書に「病して弱くなりにける時詠める」とあり、『伊勢物語』の最終段に「心地死ぬべくおぼえければ」とあるので、在原業平臨終の折りの歌とされている。名歌である。いまこの名歌が心に沁みる。

今川乱魚最高顧問急逝

残念なご報告をしなければならない。前月号号外でお知らせしたように、今川乱魚当会最高顧問は四月十五日（木）午前二時十九分に亡くなった。胃癌のため。享年七五。

葬儀は身内だけで済ませたそうで、逝去の報は三日後の十八日（日）に全日本川柳協会事務局長・本田智彦氏からの電話で知らされた。驚いた。そして残念である。

訃報を聞いて、「つひにゆく道」だと頭では理解しつつも何ともやりきれなかった。ついで、乱魚顧問との思い出が止めどもなく溢れ出てきた。その中で真っ先に思い浮かんだのは、東葛川柳会の創立当初のことである。

昭和六二年秋、かねてから準備をすすめていた東葛川柳会を立ち上げることにした。創立時のメンバーは、今川乱魚・窪田和子・江畑哲男ほかである。創立時の代表には今川乱魚が就任。乱魚代表は当時本職が相当忙しかったようで、ともかく雑事一切を哲男が受け持つことにしてスタート。その時の小生の肩書が笑える。事務局長 兼 編集長 兼 会計……。窪田和子さんには、(今となってはやや時代遅れのネーミングだが)婦人部長の肩書を献上することにした。「わしゃ、いやじゃけんのう」(和子)と言いながら、書き垂れなど句会に必要な仕事と目配りをしてくれた。みんな若かった。

会が動き始めると、お手伝いをして下さる方がしだいに増えた。穴澤良子さんはお茶やお花で会場を和ませ、故今成貞雄さんは受付を取り仕切り、故井ノ口牛歩さんは発送を担った。みなそれぞれの持ち場で新しい会を支えてくれた。ナルホド、「ボランティア活動」というのはこのようにして行うものなのか、と教えられた。かくして、東葛川柳会は他社から羨ましがられるほどの成長を遂げていったのである。

事務処理から人間関係論・組織論まで

乱魚代表からはじつに多くのことを学んだ。私の人生に最も影響を与えた人はと聞かれれば、迷うことなく今川乱魚とお答えしている。現在でもそれは変わらない。

乱魚師から学んだことは数知れぬ。川柳の理論面・実作面はモチロン、川柳界の現状と課題もずいぶん伺った。話をする度に感じたのは、相当の読書家・勉強家であり行動派であるということ。論理も明快、しかも発想がユニークだった。学んだのは川柳に限らなかった。人生訓や組織論、人間関係のノウハウに始まって、コンピュータや事務の細部に至るまで若い私に情熱的にご指導いただいた。こんな人間は、当時私の周囲にはいなかった。その人間的大きさに圧倒されて、「尊敬する人は今川乱魚」、そう公言してはばからなかったほどである。

面白いのは、事務処理の例えば文書作成要領一つを取っても、我々公務員の世界の要領と微妙な違いがあったこと。不思議なのは、お互いに大の議論好きだったが、政治向きの話をほとんどしなかったこと。いずれにしろ、よく酒を酌み交わし、語りあい、笑いあった。その頃私がよく愛した乱魚名句に、「天下を論じ国家を論じ金が欲し」がある。一方、乱魚師がよく口にしていた名台詞は「人間万事、色気と食い気」であった。

明るく、前向きで、バイタリティーに溢れた乱魚師だが、時として怖い一面をも見せられた。可愛がられた反面、よく叱られもした。代表職を引き継いで思い出すのは、不正や不義に対する厳しい姿勢である。ニコニコしていた乱魚師の表情が、一変する。ひとたび許せないとなると、容赦はしない。当会の金銭を横領したK氏に対する断乎たる措置は、今でも印象に残っている。

二〇数年に及ぶ会の歴史のなかでは、退会される方も当然出てくる。やむを得ないことだ。理由の大半は、病気・死亡・家庭の事情等々であるが、なかには自分自身の不実を棚に上げて陰で誹謗中傷をする輩がごく少数ながらいた。趣味の会のメンバーはお仲間である。善意の集まりだ。その善意の会員を守るのはトップの務めに違いなかろう。そういう時の乱魚師は毅然として揺るぎなかった。「代表たるもの、かくあるべし」と背中で教えられた気がした。

名句誕生秘話

話題は一転して病気のことに飛ぶ。

乱魚師の最初の入院は、今からちょうど二〇年前・一九九〇年（平成2）五月のことであった。直腸のポリープを切除する手術は、その年の五月二四日に行われた。五月二六日（土）に予定されていた東葛の月例句会には、代表は不在となった。当時目新しかった三句連記の選者は、乱魚代表（当時）の指名により哲男事務局長（当時）が務めることになった。宿題「自由吟」で、「**見舞いには日本銀行券がよし**」（乱魚）という名句は、小生の選でこの時に誕生したものである。

今でも鮮明に覚えている。この句を私が披講すると会場から笑いが巻き起こった。記名係の井ノ口牛歩さんが「投句、今川乱魚」と復唱すると、句会場は大爆笑に包まれた。

病気に関する乱魚師の他の名作をご覧に入れよう。「ポリープというしゃれた名のこぶを持ち」、「腸手術まではそれ飲めやれ歌え」（『港』一九九〇年〈平成２〉五月号）、「腹が引っ込めば入院もうけもの」（同六月号）、「人脈のひとわたり来る見舞客」（同八月号）、……。入院手術という一大事であるにもかかわらず、この明るいトーンは何だろう。とりわけ、「腸手術まではそれ飲めやれ歌え」の一句は、窪田和子さんと大いに笑いあったものであった。

乱魚師は、絶えず「生」を見つめていた。

その後、乱魚師は開腹手術だけでも五回に及んだ。入院は一〇回ほどか。そのたびに不死鳥のように甦った。これまた驚きであった。

そして、今回……。その師もとうとう不帰の人となった。改めて哀悼。つくづく残念である。

（吉川雉子郎）

仏壇はあとのまつりをする所

今川乱魚という人物の大きさは計り知れない。今川宅に弔問に訪れたとき、奥様はお疲れのご様子だった。郵便・電話・ＦＡＸ等々が殺到し、その対応に追われテンテコ舞いだった。「食事やトイレに行く暇もないほどです」ともおっしゃっていた。「乱魚に対して尊敬半分、恨み半分です」とも。その大変さは想像できよう。何しろ、原稿・講演・大会選者等の仕事を抱えたままで、ひとり黄泉の国に旅立ってしまったのだから。ポジティヴに「生」を生き、七五年の生涯を駆け抜けた今川乱魚師は、ある意味で「死ぬ」準備を怠っていたのではないか？　そんな思いにもかられた。

一方、「家族葬は良かった」と奥様はおっしゃる。「ゆっくり落ち着いて見送ることができた。家族や親戚にも喜ばれた」ともおっしゃった。「私人・今川充（本名）」はこうして旅立った。

さて、これからがもう一仕事である。「私人・今川充」とのお別れは済んだのだが、「公人・今川乱魚」としてのけじめが果たされていない。もう一区切りが必要になる。川柳界の巨星「公人・今川乱魚」は、しかしながら川柳界だけの「公人・今川乱魚」ではなかった。（社）全日本川柳協会会長たる今川乱魚は、その肩書き以上に川柳の文化向上に奔走した。対マスコミに、対文化人に。現役（「世界経済情報サービスセンター」勤務）時には仕事を通じて有識者に川柳文化を発信し、母校・早稲田大学を通じては幅広い人脈を駆使して駆け回った。これらの方々へのけじめは家族葬後になった。

訃報の連絡をさせていただいた際にも、「分かりました。それで、今後はどのようになるのですか」と、川柳界内外から聞かれた。お供物もお別れもしていない、どうすればよいのか?、というのである。困った。なかには、「江畑哲男はいったい何をしているんだ!」と言わんばかりのお叱りも頂戴した。事情があった。お許しをいただきたい。

決定!! 九月五日（日）に「偲ぶ会」

委細は省略する。

「偲ぶ会」の骨子は、四月二五日（日）に決まった。乱魚師の奥様を交えて、津田暹千葉県川柳作家連盟会長、山本義明９９９番傘柏副会長、江畑哲男の四人で、以下のような概要を決めさせていただいた。

①「偲ぶ会」（仮称）の主催は、全日本川柳協会とする。

②事務局（長）は、東葛川柳会・江畑哲男が務める。

③日時と場所は、九月五日（日）昼、ザ・クレストホテル柏にて。その際には「小冊子」を配布する。

④東葛川柳会をはじめ、近隣吟社はこれに協力する。

奥様からは小冊子作成の希望が表明された。「偲ぶ会」に写真を配した「乱魚の歩み」（仮称）のような小冊子を配布できないか、と言われた。これには一同賛成、了解。

骨子が決まると、正式に走ることが出来る。まずは、しかるべき人と組織への連絡。電話・FAX・メール等を駆使。人では、大野風柳・山本鉱太郎・竹本瓢太郎・礒野いさむ（敬称略）、……。組織では、日川協・川柳人協会・柏稲門会……、おっと足下の東葛も。まだまだ走り出したばかりだ。

つらいのは、なじられること。嬉しいのは、ねぎらわれること。

番傘副幹事長の森中惠美子さんには出張先からケータイで連絡。惠美子さんは「柏とは縁が深いなぁ」と言われ、心優しい言葉をかけていただいた。美しい関西弁であった。

（川柳誌『ぬかる道』平成22年（2010）6月号）

虹を描くだけで教師がつとまるか

教務主任教務主任と使われる

アメーバのように増殖する書類

君の翼は君が操る五日制

この国の前途　教師として憂い

中年教師時代

平日は教師　土日はボランティア

いいえいいえ代表というボランティア

若かったから言えたこと書けたこと

ストレスをため　俗世こそ楽しけれ

愛を語るとき日本語がもどかしい

マンガ文化と図書館

その昔、マンガは悪者だった。

親たちにとって、マンガは勉強の大敵であった。「うちの子はマンガばかり読んで、ちっとも勉強しない」などという嘆きは、そちこちの家々で聞かれたものだった。

一方、図書館や読書推進派の知識人にとっても、マンガはある意味で好ましい対象ではなかった。曰く、「マンガを読むと知的想像力が失われる」、「図書館にマンガは置くべきではない」等々。時代は変わって、悪者の主役はマンガからケータイに移行しつつあるようだが、ケータイ論議はここでは割愛させていただこう。

マンガと子育て

さて、くだんのマンガ。

小生の個人的な体験と重ね合わせるならば、子育て期にマンガの存在は欠かせなかった。まずは、『あいうえおの本』に始まる安野光雅作品や、中川・山脇姉妹による『ぐりとぐら』シリーズ（いずれも福音館書店）には相当のお世話になった。

偉人伝や歴史物・科学物はマンガの独壇場である。いわゆる学習まんが（対象が児童の場合は「まんが」と表記する）が、かなりのウエイトを占めていたように思う。『日本の歴史』（小学館・集英社・中央公論ほか）や、『宇宙のひみつ』（学研）などの「ひみつシリーズ」は、その代表的存在であった。

小学生も高学年以降になると、マンガも多様化する。『まんが道』（藤子不二雄、中央公論社）、『あさきゆめみし』（大和和紀、講談社）、『ベルサイユのばら』（池田理代子、集英社）、『はだしのゲン』（中沢啓治、汐文社）、『美味しんぼ』（雁屋哲・花咲アキラ、小学館）、……。「漫画の神様」と言えば、手塚治虫だ。『火の鳥』、『アドルフに告ぐ』、『ブラックジャック』、『ブッダ』等々。

マンガはその後も進化をし続け、いまやあらゆる分野の学問をカバーするに至っている。『まんがで哲学しよう』（宝島社）、『新・資本論』（堀江貴文、宝島社）、『物理に強くなる』（関口知彦・鈴木みそ、講談社）、『めぐみ』（横田滋・早紀江／本そういち、双葉社）、『まんが「日本の神話」』（光山勝治、モラロジー研究所）、『マンガ中国入門』（ジョージ秋山、飛鳥新社）、『嫌韓流』（山野車輪、晋遊社）、『まんが中国語入門』（高信太郎、光文社）、『項羽と劉邦』（横山光輝、潮出版社）、……。

世界から注目される日本文化

さてさて、わが東葛飾高校の図書館ではマンガを長く遠ざけてきた歴史がある。伝統を重んずる図書館ではよくある光景である。そうした図書館の風景もここ数年変化を見せつつある。

キッカケは、小栗左多里の『ダーリンは外国人』（メディアファクトリー）であった。『日本人の知らない日本語』（蛇蔵＆海野凪子、同）とあわせて、図書委員（広報担当）向けに読ませたところ、ひそかな人気を博した。このシリーズは「コミックエッセイ」と呼ぶのだそうで、言語学的に見てもなかなか高い知的レベルを保っている。

そこで、平成二三年度末から一計を案じ、マンガを配架することにした。とは言うものの、ほんのわずか。今のところ試験的な配架にしか過ぎない。卒業生の記念品の残金を少しだけ回していただいて、きわめて遠慮がちに貸出カウンターの片隅に置いた。歴史と伝統ある東葛高校の図書館からすれば、一種の冒険ではある。

しかしながら、マンガ・アニメなどの日本文化は、

一九八〇年代後半から国際的にきわめて高い評価を受けている。日本文化を研究する欧米の大学でもマンガやアニメを研究対象とした講座が開講され、シンポジウムや企画展も開催されているようだ。平成十二年度の文部科学省「教育白書」にも、マンガ・アニメーションが芸術分野の一つとして位置づけられた。

「活字離れ」が深刻な今日、知的インプットの王道はやはり読書であろう。インプットなしてアウトプットはない。大いにインプットに励んで欲しい。だがしかし、今回のマンガ配架は本格的読書の「代用品」としてのそれではない。あくまでマンガはマンガ、読書は読書である。その意味で、本格的読書の一里塚となって欲しいがゆえの措置とお考えいただきたい。

活字文化 vs マンガ文化。いやいや、活字もマンガも「日本文化」という大きな「括り」のなかに位置づけられるものと私は信じている。わが東葛高校の今回の「実験」が、その証明をしてくれることを心から願いながら。

（図書館報『志學』平成24年（2012）4月発行／東葛飾高等学校図書部長）

「カワイイ」を考える

海外で通用する日本語

日本語の「カワイイ」は、今や世界各国で通用する単語になりつつある。

海外で通じる日本語と言えば、古くは「芸者」「サムライ」「フジヤマ（富士山）」があった。その後、「柔道」「相撲」「ヒロシマ」「ナガサキ」「すき焼き」「新幹線」「俳句」「カラオケ」等々が知られるようになってきた。あまり有り難くない例としては、高度成長期の「ザンギョー（残業）」「カローシ（過労死）」といった日本語がある。

「ツナミ（津波）」は、二〇〇四年のスマトラ島沖地震で改めて世界に認識されたが、今次の東日本大震災では本家の日本がその被害に見舞われてしまった。

一方、環境保護活動家のワンガリ・マータイ（ケニア）さんは、外国語の概念には存在しない「Ｍｏｔｔａ·ｉｎａ·ｉ（もったいない）」という日本語とその意味を知って、大いに感動したという。その後「もったいない」の文化的価値を、彼女が全世界にアピールしてくれたのはあまりにも有名である。

さらなる日本通になると、「マンガ」「オタク」「マジ」「ポケモン」を使いこなし、さらには「カワイイ」という日本的感性にもたどりつくようだ。

「カワイイ」の英訳

その日本語の「カワイイ」。英訳するとどうなるか？ そんな質問を授業中に発してみた。小生の担当、すなわち古典の時間中に、である。

生徒諸君は結構面白がってくれて、「pretty」「lovely」「sweet」「beautiful」「cute」などの単語を次々と挙げてくれた。小生英語が苦手なのでよくは分からないのだが、「innocent」（無邪気な）という否定的ニュアンスを含む英単語も、「カワイイ」の範疇に入るらしい。

こうした話題を提起したのには、むろん理由がある。授業が、『枕草子』「うつくしきもの（＝かわいらしいもの）」の章段に入ったからである。

「うつくしきもの、うりにかきたる児の顔。すずめの子の、ねず鳴きするにをどり来る。二つ三つばかりなる児の、急ぎてはひ来る道に、いと小さき塵のありけるを、目ざとに見つけて、いとをかしげなる指にとらへて、大人などに見せたる、いとうつくし。」（一五一段）

（かわいらしいもの。瓜に描いた子供の顔。すずめの子が、人が舌を打ってねずみの鳴き真似をすると踊るように寄ってくる。二・三歳ほどの赤ちゃんが、急いで這ってくる途中にとても小さな塵があったのを、目ざとく見つけて、たいそうかわいらしい指でつまんで、大人などに見せているのも、たいそうかわいらしい。）

筆者・清少納言は右記以外の事例を挙げたのち、次のように結論づけた。

「……雛の調度。はちすの浮き葉のいと小さきを、池より取り上げたる。葵のいと小さき。」（雛人形の道具もかわいらしい。蓮の浮いている葉でとても小さいのを、池から取り上げたもの。葵の葉のとても小さいもの。）

「何も何も、小さきものはみなうつくし」（何もかも、小さいものはみなかわいらしいわ）と。

illustration by awoino

医療雑誌『DPR（ドクターズプラザ）』より転載（2012・10月号）

なるほど。「何も何も、小さきものはみなうつくし」とはさすがに清少納言。そうなると、英語の「little」を「カワイイ」という視野の中心に据える必要があろう。

果たしてカワイイは、どこまで世界に広がっていくのだろうか。

女は弱いと昔男が決めました　（坂牧春妙）
片想いリボン解いたり結んだり　（田辺サヨ子）
動物の求愛撮っていいですか　（月岡サチヨ）
クーラーのS席にいる児の昼寝　（布佐和子）
ついに出たレディステテコ穿く時代　（古田水仙）
名前覚えました 可愛い子の順に　（江畑哲男）

（医療雑誌『DRP（ドクターズプラザ）』平成24年（2012）10月号、連載「川柳漫語」⑬／千葉県立東葛飾高校教諭・（社）全日本川柳協会常任幹事）

ちょっとしたスリル

生来の小心者でシャイなせいか、人前で発言したり講演をしたりする時は、いつも緊張感でいっぱいになる。こう言うと、「えっ、まさか」という反応が必ず返ってくる。小生を知る人間からは、「ウソでしょう⤴」と語尾を吊り上げて笑われたりもする。

ナルホド、小生は高校教諭三八年の「大ベテラン」だそうだし、川柳界でも「論客」で通ってはいる。話術も下手な方ではない。しかしながら、にもかかわらず（！）、発言前のドキドキは絶えず意識させられている。

じつは、つい先日もそうであった。

夏休み恒例の「教育課程研究協議会」（国語）が開催された。主催は千葉県教育員会。県下の高校から国語教員（各校一名）が招集され、テーマはいよいよ実施目前に迫った新学習指導要領の周知徹底にあった。

大型スクリーンにパワーポイントの画像が映し出され、若い指導主事による懇切丁寧な解説が流暢に進められた。今次改定の目玉は「言語活動の充実」にあって、国語科教員としては歓迎すべきことではある。その一方、「ゆとり教育」路線は相変わらずのようで、「講義中心の授業」を一面的に否定する説明が続いた。この点は違和感を覚えた。

ムムッ。小生なりの自負が沸々ともたげてきた。冗談ではない。文明の利器も使わず、今どき二〜三本のチョークと一枚の舌（二枚ではない!!）だけで授業を成立させるのは、至難の業なのだゾ。その苦労がお分かりか。

さて、どうしたものか。発言前のドキドキはいつも以上に激しかった。ナニも定年直前のお前さんが、全県の研修会で発言することもあるまいに、……。

次の瞬間、「ハイ！」と自分は手を挙げていた。ドキドキは相変わらずだったが、不思議なことに、マイクを手にしたとたん収まった。

研修会果ててのち、後輩の教員が褒めてくれた。「先生の発言はじつに堂々としていて、立派でした」と。いやいや、「内実はドキドキだったんだよ」という言葉はその場では呑み込んで、ただただ「ありがとう」と微笑みを返す自分がいた。

個性尊重みんな気ままなチーパッパ

（哲男）

（『俳句界』平成24年（2012）10月号／高校教諭、川柳作家）

あとがき

それにしても、よく仕事をしてきたものよ！

ゲラを前にして、改めてそう思う。

小生をよく知る仲間からは、「これは〈闘い〉の記録ですね」、そう指摘された。

ナルホド、そうかも知れぬ。

だとしたら、小生はいったい〈何と〉闘ってきたのだろうか？


拙著をご覧いただければお分かりのように、とりわけ〈年表〉や〈あしあと〉に記してあるように、舞台の一つは教育の世界で展開された。

まぁ、高校の教員として人並み（以上？）の仕事はしてきたつもりである。進学校にもいた。厳しい学校に在職したこともあった。昨今「働き方改革」が叫ばれているが、どの学校もラクではなかった。

高校によって課題はさまざまだったが、生来の真面目さゆえに難題から逃げることなく、いずれも真正面から取り組んできた。そう自負している。

授業は楽しかった。教員第一の使命は授業である。そう信じて打ち込んできたし、授業の思い出は語り尽くせない。

もう一つは、趣味の世界で繰り広げられた。

当初は気楽だった。〈趣味〉だから当然であろう。川柳の世界に入ったキッカケは偶然だったが、振り返れば出会うべくして出会った趣味が〈川柳〉であった。いま、そう思い返す。趣味が趣味であるうちは、別に〈闘い〉でも何でもなかった。

趣味で始めた川柳が、周囲からだんだん〈教える〉ことを求められるようになっていく。何てことはない。小生が教員、しかも国語の教員だったからだ。職業がバレてしまってから、歳上の趣味仲間からいろいろ訊かれるようになっていった。自然の成り行きであろう。一番多かったのが、仮名づかいに関して。旧字・旧仮名で思春期を過ごした人生の先輩からの質問を、懐かしく思い返す昨今でもある。多くが大正生まれであった。明治生まれもちらほら。そうした世代にとっての〈学び〉には、〈先生〉が必要であったのかも知れない。先生なる存在は、現代とは違って、尊敬すべき対象（！、笑）であったに違いない。小生の持つ国語的リテラシーを活用して貰うようになったのは、この頃からだったと記憶する。

お役に立てば、喜んでいただけるなら、嬉しい。そんな気持ちで、趣味の会の仕事も請け負うようになった。国語の教員でよかった。そう思った。折しも、昭和から平成へ。文部省（当時）も、〈生涯学習〉を唱え始めた、そんな時代であった。

ほどなく、一つの趣味の会の〈先生〉から生涯学習社会の〈講師〉へと役割変更を求められるようになる。千葉県教育委員会からの指導・助言と干渉とを頂戴しながら、学校開放講座を次々と開講し始めたのだ（平成五年以降）。高校現場の管理職の大半が、そんな小生の活動を後押ししてくれた。有り難かった。

相前後して、学校は土曜日が休みになっていく。土曜休日が増えるたび、川柳のため、生涯学習のために活用する時間が増えていく。ラッキーだった。〈教え子〉が学校外にも誕生していった。「平日は教師 土日はボランティア」という代表句は、この時期の名作（！）である。

翻って、再び教育の世界。

モチロン授業でも取り上げた。当初は遠慮がちに、だんだん意識的・計画的に。川柳を採り入れると、授業がさらに面白くなる。活性化する。そんな実践を対外的にも研究発表するようになった。高校や大学の部会・学会だけでなく、俳句の全国組織であろうが、県外の文化団体であろうが、求められればいつでも積極的に出向いていった。川柳の外部発信を意識し始めるようになったのはこの頃だった。〈あしあと〉をご参照いただこう。

授業実践では、初期のころのもの（「生徒と作る川柳の授業」）と熟年期のもの（「『去来抄』の読解からプチ創作の試みへ」）。その双方を採録しておいた（一一二ページ、一二三ページ）。ふだんの授業の様子や高校生の反応を、楽しみながらお読みいただければ幸いである。それにしても、川柳の持つ魅力とそのフトコロの深さには改めて驚かされる。
本著は、川柳書としては〈珍しい〉構成になった。珍しいどころか、異例とも言えよう。川柳作品と、教育論文&教育実践とを併せ持つ内容。いわば、2ウェイ仕立ての構成である。そんな川柳書は見たことがない。前代未聞。この点も充分承知の上で編集し、世に問いかけている。

小生が〈二刀流〉を意識し始めたのは、平成も半ばに入ってからだった。二刀流の中身は、〈学校教育〉と〈生涯学習〉。〈二刀流〉をアピールし始めたのは、今から一〇年ほど前のこと。かの大谷翔平選手よりも少々早かった(笑)。現役一〇〇%を一歩退いてから、二刀流を武器にして活動範囲と幅を広げていった。平成二五年以降のことだ。
〈闘い〉と言われれば、その通りかも知れぬ。ただ、小生としては川柳にも教育にも力を抜かなかっただけ。〈一生懸命〉頑張ってきただけだ、とも言いたいところ。〈熱血〉と称されれば否定はしづらいが、いずれにしろ評価は読者の皆さんに委ねたい。かくして、江畑哲男第三句文集『熱血教師』をお届けする。

ぴったりの言葉を見つけた。「社会の壁に挑戦すれば熱が生まれる」(橋下徹著『政権奪取論』朝日新書より)。そっか。〈熱〉というものは、挑戦する壁を発見したときに生じるものなのか。

けだし、至言であろう。有難う！

結びに、皆さんに感謝を申し上げます。

これまで、小生を支え・育ててくださった皆さん。とりわけ、教育界と川柳界で関わってくださった皆さん。叱咤激励を有難うございました。新葉館出版の竹田麻衣子さんには、御礼を申し上げます。編集にご苦労いただきました。さらには、妻をはじめ家族のみんなにも心からの有難うを申し上げたいと思います。

令和元年七月十五日

例年になく遅い梅雨明けを待ちながら

江畑　哲男

川柳句文集　熱血教師

○

令和元(2019)年 9月 1日　初版発行

著　者

江　畑　哲　男

発行人

松　岡　恭　子

発行所

新　葉　館　出　版

大阪市東成区玉津 1 丁目 9-16 4F 〒 537-0023
TEL06-4259-3777 FAX06-4259-3888
http://shinyokan.jp/

印刷所

株式会社シナノパブリッシングプレス

○

定価はカバーに表示してあります。

ISBN978-4-86044-604-8

●著者略歴

江畑哲男（えばた・てつお）

　昭和27年（1952）12月6日生まれ。出生地は母の実家・栃木県下都賀郡大平町（現栃木市）。東京都足立区で育つ。

　（中学校・高校時代と文芸部に所属し、俳句の習作。受験雑誌の文芸欄に投稿、入選を重ねる。）

昭和46年(1971) 3月	東京都立江北高校卒
昭和50年(1975) 3月	早稲田大学教育学部国語国文科卒
昭和50年(1975) 4月	千葉県立野田高校教諭(担当教科:国語)
昭和54年(1979)頃~	川柳を趣味とするようになる。(地元タウン誌や新聞川柳欄に投稿)
昭和54年(1979) 4月	千葉県立流山中央高校に転勤
昭和57年(1982)秋季	東京みなと番傘川柳会同人
昭和60年(1985)秋季	番傘川柳本社同人
昭和62年(1987)10月	地元千葉県柏市に、東葛(とうかつ)川柳会を今川乱魚らと興す。代表:今川乱魚、事務局長兼編集長:江畑哲男。機関誌『ぬかる道』発行
昭和62年(1987)10月	地元タウン誌『とも』川柳欄「にんげん万事五七五」連載開始(~H8年9月号)
平成 5年(1993) 4月	千葉県立柏陵高校に転勤
平成 6年(1994) 1月	(社)全日本川柳協会「『教科書に川柳を』プロジェクトチーム」委員
平成 6年(1994)	千葉県教育委員会指定の高校開放講座で「川柳教室」を開講(県立柏陵高校にて)

平成 7年(1995) 1月	柴又地区センター主催川柳講座から発展した「柴又柳会」講師(~H19年3月)。(以降、地元を中心に川柳講座の講師を務めるようになるが、大部分割愛)
平成 7年(1995) 5月	『川柳港』「ジュニア川柳欄」選者(~H12年4月号)
平成 8年(1996)	「ジュニア川柳欄」選者(『オール川柳』創刊当初H8年2月号~12年8月号終刊時)
平成 8年(1996) 9月	東葛川柳会幹事勉強会「プラスの会」設立(代表世話人)。月1回の勉強会を主宰(~H12年10月)
平成12年(2000) 8月	川千家川柳教室設立(初回講師。その後は他の幹事に講師移譲)
平成13年(2001) 6月	第25回全日本川柳2001新潟大会「川柳サミット 21世紀の川柳を考える」パネリスト
平成13年(2001)11月	第2回「現代川柳の集い」(日本現代詩歌文学館主催)、宿題「甘い」選者
平成13年(2001)11月	第16回国民文化祭・ぐんま2001文芸祭川柳、宿題「書く」小・中学生の部選者
平成14年(2002) 4月	千葉県立東葛飾高校に転勤
平成14年(2002) 4月	東葛川柳会二代目の代表に就任
平成15年(2003) 6月	第6回「ことばの祭典~短歌・俳句・川柳へのいざない~」(仙台文学館主催)川柳部門のゲスト選者(選と選評)
平成17年(2005) 3月	東葛川柳会台湾吟行句会(ツアー参加者21名、台北市・三徳大飯店にて日台合同川柳句会47名、懇親宴では蔡焜燦氏の卓話)
平成17年(2005) 5月	川柳学会(初代会長脇屋川柳)の創設準備会に参加。(学会監事に就任)
平成17年(2005) 6月	第29回全日本川柳2005年広島大会、宿題「光る」ジュニア部門選者
平成19年(2007)	『番傘』自選作家に

平成20年(2008)11月	第23回国民文化祭・いばらき2008文芸祭川柳、宿題「スピード」小・中学生の部選者
平成20年(2008)	江戸川大学オープンカレッジ「川柳講座」を企画開講(~H23)
平成22年(2010) 9月	「今川乱魚さんを偲ぶ会」を開催(ザ・クレストホテル柏)。同会事務局長。出席者約200名。(小冊子『今川乱魚の歩み』編集刊行)
平成24年(2012)11月	県立高校退官記念講演会「川柳の魅力、日本語の魅力」(於:東葛高校、参加者約200名。各紙地方版、国際経済誌『WEC』翌年3月号などに紹介記事)
平成25年(2013) 3月	退官記念アンコール講演会「続・川柳の魅力、日本語の魅力」(於:柏市中央公民館、参加者62名)
平成25年(2013) 3月	千葉県立東葛飾高校を最後に、定年退職(勤続38年)
平成25年(2013)4月~	再任用(ハーフタイム雇用)教諭として、千葉県東葛飾地域内高校に勤務
平成25年(2013)4月~	読売日本テレビ文化センター柏教室講師
平成25年(2013)4月~	早稲田大学オープンカレッジ講師(~H28)
平成25年(2013)4月~	獨協大学オープンカレッジ講師
平成25年(2013) 6月	第37回全日本川柳2013年青森大会、宿題「まぼろし」選者
平成26年(2014) 3月	台湾川柳会創立20周年記念句会　ツアー企画&記念句会「台」選者
平成26年(2014) 5月	「柳豪のひとしずく　江畑哲男」特集(『川柳マガジン』5月号)
平成26年(2014) 6月	「江畑哲男川柳ブログ」開設(新葉館出版HP、6月12日初回~)
平成27年(2015)5月~	NHKちばFM「ひるどき川柳」放送開始(選者&出演、H29年度からは生放送で1時間番組に拡大)

平成28年(2016) 3月	NHK千葉放送局長より感謝状(「放送文化に貢献」)
平成28年(2016) 3月	番傘川柳本社関東東北総局総会にて、同総局長に選任される。
平成28年(2016)11月	第23回国民文化祭・あいち2016文芸祭川柳、宿題「ドーム」当日投句部門選者
平成29年(2017)4月～	流通経済大学付属柏高校非常勤講師(~H31年3月)
平成29年(2017) 6月	第41回全日本川柳2017年札幌大会にて、連続20回出席者として表彰される
平成29年(2017) 6月	(一社)全日本川柳協会総会にて、理事に選任される。
平成29年(2017)10月	第6回「現代川柳の集い」(日本現代詩歌文学館主催)、宿題「コミュニケーション」選者
平成30年(2018) 4月	「十六代目櫻木庵尾藤川柳名披露目大会」(上野池之端東天紅鳳凰の間)宿題「センセーション」選者
平成30年(2018) 8月	「初代川柳生誕300年記念 川柳発祥の日を祝う会」(初代川柳生誕300年事業実行委員会)記念句筵、宿題「三」選者
平成30年(2018)12月～	(一社)全日本川柳協会理事会にて、同協会副理事長に選任される。
平成31年(2019)3月～	台湾川柳会創立25周年記念会　ツアー企画＆記念句会「自由吟」選者
平成31年(2019)4月～	讀賣新聞千葉県版「よみうり文芸川柳欄」選者
令和元年(2019) 6月	第43回全日本川柳2019年浜松大会 第二次選者

【現在】（令和元年7月現在）

東葛川柳会代表

一般社団法人 全日本川柳協会副理事長

番傘川柳本社関東東北総局長

公益社団法人 日本文藝家協会会員

獨協大学オープンカレッジ講師

NHKちばFM「ひるどき川柳」選者

よみうりカルチャーセンター柏教室講師

讀賣新聞千葉県版よみうり文芸川柳欄選者

千葉県川柳作家連盟副会長

早稲田大学国語教育学会会員　ほか。

【講師として関わっている勉強会】（令和元年7月現在）

川柳会・新樹（柏市）

川柳会・緑葉（柏市）

川柳会・双葉（我孫子市）

野田川柳会（野田市）

川柳会・江風（柏市）

松原川柳会（草加市）

四つ葉川柳会（草加市）

読売日本テレビ文化センター柏川柳教室（柏市）

「東葛川柳会」2代目代表・江畑哲男さん

よい句作れる手引書出版

東葛地域を中心とした川柳愛好家でつくる「東葛川柳会」代表の江畑哲男さん(64)＝我孫子市＝が、川柳の作り方をわかりやすく解説した手引書「よい句をつくるための川柳文法力」を出版した。

東京都出身で1975年に県立高校で国語の教師に。趣味で川柳を始め、87年に仲間と同会を発足させた。2002年に2代目代表に就任。発足時約50人の会員は350人になり、東日本有数の句会に成長させた。柏、我孫子両市や埼玉県内で川柳教室も開く。

著書は8冊目。これまで句集などを出してきたが、教室の受講生から様々な質問を受け、「手引書を作った方がいいと思った」という。本では、助詞を一字変えるだけで作品が劇的に変わることや、比喩表現の重要さ、形容詞の使い方、句の止め方など具体例を示しながら解説している。

「自分の思いを的確に表現できた時、やったなあと達成感が得られる。本を活用してもらえれば」。再任用で教壇に立っていた県立野田中央高校を3月末で辞め、川柳に打ち込むという。本は四六判210ページで1600円（税別）。問い合わせは新葉館出版（06・4259・3777）。

（上嶋紀雄）

朝日新聞千葉版（2017年3月29日付）

あしあと

研究発表・講演・執筆・寄稿等の主な一覧

ただし、下記の事項については基本的にカットした。

勉強会での講義・講演、地元シルバー大学での講演、『ぬかる道』誌巻頭言、勉強会の周年記念誌への寄稿(巻頭言)、勤務高のPTA会報、地元発行のミニコミ誌紙など。

昭和57年(1982)	「川柳に惚れて……」(『まいにち川柳東京友の会』第3号)
昭和58年(1983)12月	まいにち川柳欄の月間賞(努力賞)受賞。作品「一票を投ず 自分の眼を信じ」。
昭和61年(1986)	「川柳の授業」(『川柳研究』3月号)
昭和61年(1986)	「高校生と川柳」(『川柳番傘』6月号)
昭和61年(1986)10月	昭和61年度千葉県文化祭川柳大会(公募部門)にて、作品「雪たんと降るふるさとの水旨し」で千葉県川柳作家連盟会長表彰(第一席)
昭和61年(1986)	「垣根は越えられるか」(『川柳研究』11月号)
昭和62年(1987)	「俵万智を読む」(『川柳港』2月号)
昭和61年(1986)	「話題の歌集　『サラダ記念日』」(『川柳番傘』7月号)
昭和62年(1987)	「俵万智のこと　出版記念パーティーに出席して」(『川柳港』10月号)
昭和62年(1987)	「川柳に未来はあるか」(『川柳研究』10月号)
平成元年(1989)	『川柳番傘』3月号「放課後の教室にあるわらべうた」他の作品で、同人近詠欄巻頭
平成 2 年(1990)	リレー放論「ジュニア川柳の可能性」(『川柳番傘』11月号)
平成 3 年(1991)	前々号句評「百八煩悩」ほか(『川柳やしの実』3月～5月号)

平成 3 年(1991)	「教科書の川柳」(『川柳研究』10月号)
平成 3 年(1991)	授業実践レポート「生徒とつくる川柳の授業」(『国語科通信』角川書店、第81号、同年10月発行)
平成 4 年(1992)	「対談　ジュニア川柳の勧め」(対談の相手:田中南桑東京みなと番傘川柳会会長、『川柳番傘』7月号)
平成 5 年(1993)	川柳自由席「入試問題の中の川柳」(『川柳番傘』2月号)
平成 5 年(1993)	「私の座右の句集『鵬程万里』　高知商業高校川柳部句集の紹介」(『川柳番傘』11月号)
平成 5 年(1993)	千葉テレビ「生きがいの創造　五七五で人生を詠む」に出演、国語の授業風景放映)
平成 6 年(1994)	句集紹介「久保典子著『いい恋をしています』」(『川柳番傘』1月号)
平成 6 年(1994)	川柳自由席「続・入試問題追跡奮戦記」(『川柳番傘』4月号)
平成 6 年(1994)	巻頭言「21世紀の川柳界」(『犬吠』4月号)
平成 6 年(1994)	「ジュニア川柳、現在・過去・未来」(『川柳さいたま』7月号)
平成 6 年(1994)	巻頭のことば「マンガ考」(NHK学園『川柳春秋』第34号、同年7月発行)
平成 6 年(1994)	「俳句現代派との接点」(『白帆』266号、7月発行)
平成 6 年(1994)10月	いわき市民川柳大会記念講演「今なぜジュニア川柳か」
平成 7 年(1995)	前月号近詠鑑賞「批評のエネルギー」(『川柳番傘』2月号)
平成 7 年(1995)	前月号近詠鑑賞「まなびすと」(『川柳番傘』3月号)
平成 7 年(1995)11月	第2回松戸川柳大会にて、作品「駆けて来い父は大きく手を広げ」で松戸市長賞(第一席)

平成７年(1995)	「ズームアップ⑫　東葛川柳会の巻」(『犬吠』12月号、通巻252号)
平成８年(1996)２月	レポート発表「現代の川柳を授業に取り入れて」(千葉県高等学校教育研究会国語部会主任研究協議会第二分科会)
平成８年(1996)	「高校の国語の授業において『川柳』をどう扱うか」(千葉県教育研究奨励費研究)
平成８年(1996)	「柳論11人集　私はこう看る―明日の川柳」(『オール川柳』1月号)
平成８年(1996)	「現代作家巻頭競詠」(『オール川柳』5月号)
平成８年(1996)	「寅さんに捧げる追悼句・川柳が寅さんに出来ること」(『オール川柳』10月号)
平成９年(1997)	「句会考」(『川柳雑誌 風』第３号)
平成９年(1997)	「特集 有名作家たちのド素人時代!」(『オール川柳』5月号)
平成９年(1997)11月	NHKラジオ「ラジオ深夜便」出演、「川柳で見る折り返し人生」
平成10年(1998)３月	第27回千葉市民川柳大会にて、作品「職退いて自分さがしの旅に出る」で千葉市長賞(第一席)
平成10年(1998)５月	千葉番傘10周年記念川柳大会にて、作品「離婚印この子と生きることにする」で千葉市長賞(第一席)
平成10年(1998)10月	第33回千葉県川柳大会にて、作品「秋には秋の女と出会うちぎれ雲」で千葉県知事賞(第一席)
平成10年(1998)	「だからいま、子どもに川柳を」(『川柳研究』9月号)
平成10年(1998)	「続・だからいま、子どもに川柳を」(『川柳研究』10月号)
平成10年(1998)	「現代作家巻頭競詠」(『オール川柳』10月号)

平成10年(1998)	「『心の教育』と川柳」(千葉県稲門教育会機関紙『稲育』11月号)
平成10年(1998)	「特集 川柳作句の技巧に迫る第4弾・形容詞の功罪」(『オール川柳』11月号)
平成10年(1998)	「雲と授業と青春と」(『川柳ペン』第26号、12月発行)
平成11年(1999)	「川柳の甲子園大会」(『犬吠』4月号)
平成11年(1999)	「遺すとことの意味と意義」(『川柳雑誌 風』第15号)
平成11年(1999)	「特集 編集長に聞く！ 二十一世紀の柳誌のあり方」(『オール川柳』8月号)
平成12年(2000) 2月	柏西ロータリークラブ卓話「川柳の魅力」
平成12年(2000) 8月	レポート発表「私の授業から」(第19回俳句指導者講座、俳人協会・俳句文学館主催)
平成12年(2000)	前月号近詠鑑賞「佳句、書く、しかじか」(『川柳番傘』10月号)
平成12年(2000)	前月号近詠鑑賞「よく学び、よく学び」(『川柳番傘』11月号)
平成12年(2000)12月	第1回茎崎町(茨城県)川柳大会記念講演
平成13年(2001)	「オール川柳」最終募集のジュニア川柳選考結果発表(『川柳マガジン』創刊号、6月号)
平成13年(2001)	「初心者が見た句会」(『川柳研究』8月号)
平成13年(2001)	「ジュニア川柳花盛り」(『犬吠』9月号)
平成13年(2001) 9月	NHK学園全国川柳大会講演「ジュニア川柳を考える―私の授業実践から」(翌14年『川柳春秋』64号に講演録掲載)
平成14年(2002) 2月	研究発表「川柳で展開する『心の教育』の試み」(千葉県教育委員会国語部会)

平成14年(2002) 5月	第13回時の川柳交歓川柳大会記念講演「ジュニア川柳の魅力」(於神戸市)
平成14年(2002) 7月	NHK学園生涯学習フェスティバル・第11回根上川柳大会講演「ジュニア川柳に期待するもの」(於石川県)
平成14年(2002)	「馬力と情熱の人　山本翠公の川柳人生」(『川柳ペン』36号、9月発行)
平成15年(2003) 3月	レポート「問題提起　教科書への思い」(教科書会社主催の研究会、於東京都)
平成15年(2003) 3月	千葉市民文芸作品集第26集発刊記念講演「川柳と高校生の世界」(千葉市文化センター)
平成15年(2003)	「確かな日本語の確かな句集　野谷竹路川柳句集『傘寿』を推す」(『川柳研究』5月号)
平成15年(2003) 7月	柏市豊四季台近隣センター主催市民講座「川柳を楽しむ」講義＆実習
平成15年(2003)	「教師は尊敬されて然るべきである」(『国語教室』10月号、大修館書店)
平成15年(2003)10月	第48回葛飾区民文化祭川柳大会にて、「眠らない街多機能の罠が待ち」ほかの作品で葛飾区長賞(合点一位)
平成15年(2003)	「知性と教養、そして好奇心　岩井三窓―その人と川柳観」(『川柳ペン』38号、12月発行)
平成16年(2004)	「三太郎忌と野谷竹路」(『川柳研究』2月号)
平成16年(2004)	「学びの時代」(『犬吠』3月号、通巻351号)
平成16年(2004) 7月	「鬼の会」(復本一郎主宰、横浜市)の例会にて講演「川柳の挑戦―教壇からの問題提起」
平成16年(2004)11月	江戸川区日本語ボランティア団体にて講演「日本語の魅力」

平成17年(2005)　「床暖房冬のパジャマの自堕落な」他の作品で、同人近詠欄巻頭(『川柳番傘』2月号)

平成17年(2005)　書評 田口麦彦著『川柳練習帳』(『神奈川大学評論』第51号、7月発行)

平成17年(2005)　研究会通信「楽しくいきいき、生涯学習　東葛川柳会の活動」(『月刊国語教育』11月号、第25号、東京法令出版)

平成18年(2006)　「川柳作家回顧録⑫　亀山恭太」(『川柳学』第6号、2007冬号)

平成18年(2006)　「特集 省略の極意・定説への疑問―川柳は省略の文芸か?」(『川柳マガジン』1月号)

平成18年(2006)　研究報告「日本語から見た川柳の可能性」(『川柳学』第6号、2007冬号)

平成18年(2006)12月　早稲田大学教員養成GP・早稲田大学国語教育学会共催シンポジウム「俳句・川柳で育てる『ことばの力』」、レポート発表「言葉の力と川柳」

平成18年(2006)　実践報告「『去来抄』の読解からプチ創作の試みへ―鑑賞者から創作者へのステップとして―」(『新風』第2号、桐原書店国語情報誌)

平成19年(2007)　「現代の子どもの川柳」(日本現代詩歌文学館館報『詩歌の森』49号~52号)

平成19年(2007)3月　第36回千葉市民川柳大会にて、作品「二浪にも耐えた第一志望校」で千葉市長賞(第一席)

平成19年(2007)　巻頭言「そうだ、京都へ行こう」(『犬吠』6月号、390号)

平成19年(2007)10月　第3回小林一茶まつり「子ども川柳大会」講演(流山市、一茶双樹記念館)

平成19年(2007)10月　東葛川柳会創立20周年大会記念講演「川柳の魅力　日本語の魅力」

平成20年(2008)	「現代川柳巻頭競詠」(『川柳マガジン』2月号)
平成20年(2008)	10句収録(新葉館出版『川柳作家大全集』、1月発行)
平成20年(2008)	「報告・考察・実践　川柳二五〇年」(千葉県教育委員会国語部会誌『国語教育』45号、3月発行)
平成20年(2008)	巻頭随想「平日の私、土日の私」(『川柳春秋』第90号、同年7月発行)
平成20年(2008)	コラム「川柳でこんにちは」の連載開始(『月刊ホームルーム』学事出版、~H21年3月号)
平成20年(2008)	「次なる100年へ」(『川柳番傘』10月号、特集「番傘川柳本社100年にあたって」)
平成21年(2009)	「アイらぶ日本語」の連載開始(『月刊ホームルーム』学事出版、~H23年3月号)
平成21年(2009)	「『川柳を教科書に』の運動の前進のために」(『川柳雑誌 風』73号)
平成21年(2009)	論壇「川柳界の非常識」(『川柳さっぽろ』4月号)
平成21年(2009) 1月	「小・中・高連携の特別授業　韻文の魅力」(市川市内中学校、千葉県教育委員会教育振興部)
平成21年(2009)	「川柳マガジン100号記念・現代川柳100人競詠」(『川柳マガジン』9月号)
平成21年(2009)10月	上州川柳クラブ講演「教育と川柳の接点を見つめて」(高崎市)
平成21年(2009)12月	レポート発表「韻文の授業と心の教育」(「日台交流教育会」第33回教育研究協議会、於中華民国・台湾新竹市 中華大学)
平成22年(2010)	追悼文「女と貧乏と乱魚川柳」(『川柳番傘』6月号「追悼・今川乱魚特集」)
平成22年(2010)	レポート「韻文の授業と『心の教育』」(『日台交流教育會紀要』日台交流教育会、第33号、11月発行)

平成22年(2010)	「今川乱魚氏追悼・正岡子規と今川乱魚師」(『川柳マガジン』6月号)
平成23年(2011)	エッセイ「ネーミング・バリュー」(『文藝家協會ニュース』1月号)
平成23年(2011) 1月	早稲田大学教育学部国語国文科一日外部講師。「韻文指導と川柳の可能性」
平成23年(2011) 1月	東葛川柳会新春句会出版記念講演「アイらぶ日本語」
平成23年(2011)	「日本語」に関するエッセイ連載開始(『千葉番傘』~H24年3月)
平成23年(2011)	『アイらぶ日本語』(学事出版)が書評に取り上げられる(明治書院『日本語学』8月号「新刊クローズアップ」欄。執筆者:西辻正副文部科学省初等中等教育局教科書調査官)
平成23年(2011)	「健康インタビュー欄」に登場(『DRP(ドクターズプラザ)』誌8月号)
平成23年(2011)	「川柳漫語」連載開始(『DRP(ドクターズプラザ)』9月号~H30年5月号)
平成23年(2011)	「同人として『番傘』誌に望むこと」(『番傘』誌9月号)
平成24年(2012)	「川柳文法力」連載開始(『川柳マガジン』7月号~H29年8月号)
平成24年(2012)	巻頭言「千葉県川柳界のさらなる発展を願う」(『犬吠』7月号、通巻451号)
平成24年(2012)	エッセイ「ちょっとしたスリル」(『俳句界』10月号)
平成24年(2012) 1月	早稲田大学国語国文学会再建40周年記念講演「アイらぶ川柳」
平成24年(2012) 6月	野田市稲門会講演「川柳から見た日本語の楽しさ」
平成24年(2012) 9月	第51回福島県芸術祭川柳大会記念柳話「川柳と国語教育」(白河市)

平成25年(2013)	巻頭言「ぜひ成功させたい『連続セミナー』」(『犬吠』9月号、通巻465号)
平成25年(2013) 5月	「かしわ元気塾」(柏地域医療健診センター)講演「川柳の魅力」
平成25年(2013) 9月	八千代川柳大会記念講演「川柳と日本語のリズム」
平成25年(2013)9月～	「川柳人のための連続セミナー(全4回)」(全日本川柳協会主催)を企画・実施(実行委員会事務局長)
平成25年(2013) 9月	第一生命経済研究所主催平成25年度セカンドライフセミナー講演「心豊かな人生を」(東京都、大阪市)
平成25年(2013)11月	レポート発表「勉強会の作り方・育て方」(川柳人のための連続セミナー)
平成26年(2014)	「台湾と日本を結ぶ五七五」(『日本経済新聞』文化欄、5月23日付)
平成26年(2014) 3月	台湾川柳会創立25周年記念句会　ツアー企画及び句会選者
平成26年(2014) 3月	柏南ロータリークラブにて卓話「組織活性化のノウハウ」
平成26年(2014) 5月	第1回龍ヶ崎市民川柳大会シンポジウム「これからの短詩形文芸」司会 兼 川柳部門パネリスト(流通経済大学龍ケ崎キャンパス)
平成26年(2014) 5月	台湾セミナー講演「近くて近い台湾と日本」(東京都)
平成26年(2014)10月	第1回野田市市民川柳大会記念講演「日本語とユーモア」
平成27年(2015) 1月	日台稲門会新春講演「近くて近い台湾と日本」(早稲田大学)
平成27年(2015)	書評「林ふじを句集『川柳みだれ髪』　ナゾのまま夭折した女流作家」(『週刊読書人』1月16日号)
平成27年(2015)	「リアリズムの復権」(『川柳塔』7月号)

平成27年(2015)10月　第50回千葉県川柳大会にて、作品「お祭りでいいよ私のエンディング」で千葉県知事賞(第一席)

平成28年(2016)　(株)ユーキャン「川柳入門講座」テキスト(4分冊)執筆＆監修

平成28年(2016)　「お隣の連句」(『川柳雑誌 風』100号記念号)

平成28年(2016) 4月　第20回つくば牡丹まつり川柳大会にて、作品「生涯の伴侶 妻ではなくて酒」で楊貴妃賞(第一席)

平成28年(2016)　「川柳マガジン創刊15周年祝辞と祝吟」(『川柳マガジン』6月号)

平成28年(2016)　論壇「高齢化の現実を直視しよう」(『川柳さっぽろ』8月号)

平成28年(2016)　尾藤三柳師追悼文「長《たけ》高き巨匠の出版意欲」(『川柳番傘』12月号)

平成28年(2016)　リレー放論「自慢話めきますが……」(『川柳番傘』12月号)

平成28年(2016) 6月　NHK学園生涯学習フェスティバル伊香保川柳大会、宿題「雑詠」選者

平成28年(2016)　10句収録(新葉館出版『誹風柳多留250年　新世紀柳多留』、8月発行)

平成28年(2016) 9月　第65回東北川柳大会柳話「面白い川柳の面白い理由」(仙台市)

平成29年(2017)　(株)ユーキャン川柳講座月報に「川柳上達添削コース　ワンポイントアドバイス」を連載(1年間)

平成29年(2017) 1月　東葛川柳会新春句会特別講演「いまなぜ『日本語力』なのか?」

平成29年(2017) 6月　上州時事川柳クラブ講演「川柳はなぜ面白いのか?」(高崎市)

平成29年(2017) 9月　鎌ケ谷市内の中学生作品「歴史川柳」の選者。(9月6日付け朝日新聞千葉版に「歴史川柳　学び結実」紹介記事掲載。翌年夏以降も同選者)

平成29年(2017) 9月　八千代市民川柳大会講演「日本語の面白さと川柳」

平成29年(2017) 9月　柏市文化連盟第10回文化講演会講演「川柳と日本語の魅力」

平成29年(2017) 9月　銚子川柳会30周年記念大会講演「面白い川柳の面白い理由」

平成29年(2017)10月　第71回青森県川柳大会講演「アイらぶ日本語　アイらぶ川柳」(青森市)

平成29年(2017)11月　時事川柳研究会講演「日本語の機微と川柳の含蓄」(東京都)

平成30年(2018) 1月　かしわ元気塾講演「ストレス社会vs川柳の効用」

平成30年(2018) 3月　「せんりゅうくらぶ翔」(三重県津市)15周年大会記念講演「日本語の魅力　川柳の魅力」

平成30年(2018)4月・5月　千葉県川柳作家連盟主催「おもしろ川柳教室」連続講義(船橋市)

平成30年(2018)　「関東・東北総局のいま」(『番傘』5月号)。

平成30年(2018) 5月　第29回時の川柳交歓川柳大会記念講演「日本語の魅力を語る」(神戸市)

平成30年(2018) 5月　『よみカル』(よみうりカルチャー情報誌、315号)に、講師とカルチャー教室の様子の紹介記事(2ページ見開き)

平成30年(2018)　インタビュー「この人に聞く　生涯学習の時代」(『川柳春秋』130号、同年8月発行)

平成30年(2018) 9月　浅草連句まつり記念講演「アグネスチャンはなぜ演歌を理解できなかったのか?」

平成30年(2018)　「新・川柳漫語」連載開始(『DRP(ドクターズプラザ)』9月号~)

平成31年(2019) 3月	台湾静宜大学にて講義(「日本短詩型文芸の流れと川柳」、対象:日語系学生50名余、台湾台中市)
平成31年(2019)	「台湾川柳会25周年記念会、大成功!」(『平成柳多留』第21集、4月発行)
平成31年(2019) 4月	早稲田大学国語教育学会にて、研究発表「川柳、国語教材化への道」
令和元年(2019) 8月	(株)ユーキャン通販会員会報誌『悠々快適』(年2回刊)の「川柳ひろば」欄担当(選と選評)

毎　日　新　聞　（第3種郵便物認可）

この人に聞きたい

「言い得て妙」の共感目指し

県内一の会員数誇る「東葛川柳会」代表

江畑　哲男さん

今、川柳がブームだそうだ。特に、定年退職前後の趣味の一つとして始める人が多い。中高年に愛される理由は何か。県内一の会員数を誇る「東葛川柳会」の江畑哲男代表(55)にその魅力を聞いた。

――東葛川柳会について、説明してください

▼東京にはいくつもの川柳の会があったが、柏を含む東葛飾地域にはなかったので、全日本川柳協会会長の今川乱魚さん＝柏市＝らと、87年に設立した。当初、約50人だった会員は350人に増え、関東有数の結社に。毎月、柏市内で句会を開いている。

――川柳は全国的なブームですか

▼そうです。中高年を中心に生きがいを求めている。日本語ブームも川柳を後押ししている。長い人生経験を経て、ものの見方、考え方が短い表現の中に凝縮されて出てくるところが魅力的だと思う。

――俳句は敷居が高い？

▼俳句は季語、切れ字に加え、表現が文語調。川柳はこうした決まり事にとらわれず、口語調で、間口が広く、入りやすい。サラリーマン川柳とは違い、私たちが志向する文芸川柳は奥深いところがあると思う。

長い人生の経験が短い表現の中に凝縮

――具体的には

▼生命保険会社が始めたサラリーマン川柳は、上司や妻の悪口などが主たる題材。文芸川柳は「雅号」を持ち、単なる批判でなく、人間と人間社会すべてが対象なんです。そこには、うがちもあれば、チクリ、ホロリ、ニヤリもある。例えば、北京五輪の作品で、「動物に進化していくアスリート」。動物に進化するというのは、逆転の発想で視点が違う。「選手団鼻毛が伸びて帰国する」。これは、中国の環境問題の本質をえぐり取っている。ひざを打つような、「言い得て妙」という作品に到達した時、作者も喜び、選者も共感する。人の心に心を重ねるのが川柳なんです。

――「五七五」で表現する難しさもあると思いますが

▼例えば、「ポケットに手を入れている陸上部」。この英訳は「I put my hands into my pockets」となる。芭蕉の名句、「古池や蛙飛びこむ水の音」には、約50の英訳があるといわれる。英語的表現は、誰が、誰のポケットにとか、片手か、両手かにこだわるが、日本語は省略してもわかる。これは、契約社会で発達した言語と村社会で発達した言語の違いなのでしょう。

――日本語は短い表現に向いている？

▼そうです。また、日本語は微妙な心理を描き分けることに優れた言語でもある。飯、食事、ディナーは同じ内容だが、使い方は違う。飯でフランス料理は思い浮かべない。女、おんな、オンナもそれぞれ感じが違う。例えば「チチキトクミナユルスカラスグカエレ」。これは、カタカナだけで表現し、電文の雰囲気を出している。私の作品で「棘とげトゲもう教室に入れない」は「棘とげトゲ」と詠み、いろんなことで傷つきやすい子供の心理を表現した。

――最後に、江畑さんにとって川柳とは

▼やさしくて難しいし、難しくてやさしい。わずか17文字ですが、17文字の順列と組み合わせの数は無限大。人の心のありようも人さまざまで、決して同じ作品は生まれない。川柳に勝る文芸はないと思う。中高年はもとより若い人たちにも、川柳と日本語の素晴らしさを知ってもらいたい。

【聞き手・橋本利昭、写真も】

「川柳に勝る文芸はない」と話す江畑さん

えばた　てつお　1952年生まれ。現在、県立東葛飾高校国語教諭。全日本川柳協会常任幹事、日本川柳ペンクラブ理事を務める。自身のお気に入りの句は「平日は教師土日はボランティア」。著書に句文集「ぐりんてぃー」(教育出版社)。

毎日新聞千葉版(2008年10月7日付)

【生涯学習分野での主な実績】

①高等学校開放講座

平成 6 年～13年	学校開放講座(於 県立柏陵高校)川柳教室開講 (講座途中の平成11年12月、受講生の川柳合同句集『新樹』(A5判、62ページ、非売品)を編集・出版)
平成16年～18年	学校開放講座(於 県立東葛飾高校)川柳教室開講
平成23年	かしわまちなかカレッジ(学長・山下洋輔)川柳講座開講

②大学公開講座

平成20～23年	江戸川大学公開講座「川柳入門教室」開講
平成25～28年	早稲田大学公開講座「川柳入門教室」開講
平成25～	獨協大学公開講座「川柳入門教室」開講

③その他

平成18年秋～19年春	拓殖大学日本文化研究所公開講座「新日本学」受講
平成21年通年	早稲田大学日本語教育研究センター「日本語教育学公開講座」受講
平成21年11月	江戸川大学主催「図書館連携シンポジウム」パネラー
平成24年	東京言語研究所主催「夏期特別講座」受講
平成25年4月～	文部科学省生涯学習政策局長より、社会通信教育教材審査委員委嘱(～H26年3月)
平成26年4月～	麗澤大学大学院科目履修生(言語教育研究科、～H31年3月)

【その他の実績】

①東葛川柳会がお招きした主な記念講演者（順不同、肩書きは当時のもの）
池井 優（慶應義塾大学名誉教授）、林 えり子（作家）、泉 麻人（コラムニスト）、衞藤瀋吉（東洋英和女学院院長）、渡辺利夫（東京工業大学教授）、坂本朝一（NHK元会長）、山本鉱太郎（旅行作家）、復本一郎（神奈川大学教授）、渥美雅子（弁護士）、佐瀬勇次（日本将棋連盟棋士八段）、渡邉信一郎（古川柳研究者）、森泉康亨（第一生命サラリーマン川柳担当課長）、和田律子（流通経済大学教授）、増井光子（横浜ズーラシア動物園園長）、篠 弘（歌人、日本現代詩歌文学館館長）、清水厚実（福山大学理事長）、碓田のぼる（新日本歌人協会全国幹事）、前田安彦（宇都宮大学名誉教授）、林尚孝（茨城大学元農学部長）、やすみりえ（NHKテレビ「こんにちはいっと6けん」きらり☆川柳選者）、武田康男（第50次南極観測隊員）、大津雄一（早稲田大学教授）、内野美恵（日本パラリンピック委員会栄養サポート代表）、中尾隆之（旅行作家）、佐藤勝明（俳文学会常任委員）、藤井厳喜（国際政治学者）、米川千嘉子（歌人）、佐藤智子（フィットネスインストラクター）、尾藤一泉（川柳学会専務理事）、林和利（東海能楽研究会代表）、柚原正敬（日本李登輝友の会常務理事）

②かしわ川柳大賞選者（NPO法人 柏市インフォメーション協会主催、H14～18年）

③「えむぞぅくん健康川柳大賞」（主催（株）ドクターズプラザ、NPO法人日本医学交流協会医療団）選者（H21～28年）

④全国高校生ケータイ韻文コンテスト（江戸川大学主催）川柳部門選者（H22年～）

⑤「旅の日」川柳（旅のペンクラブ主催）選者（H22年～）

⑥県立東葛飾高校読書リスト「志學」作成（H20～24年度）

⑦「大人の投資倶楽部　大人あるある川柳」（東海東京証券（株）主催）選者（H27年）

【主な著書】

川柳句文集『ぐりんてぃー』（教育出版社、2000年刊）
『ユニークとうかつ類題別秀句集』（編著、新葉館出版、2007年）
『川柳作家全集　江畑哲男』（新葉館出版、2010年）
『アイらぶ日本語――日本語で遊ぼう 川柳で遊ぼう』（学事出版、2011年）
『ユーモア党宣言!』（監修、新葉館出版、2012年）
評論集『我思う故に言あり――江畑哲男の川柳美学』（新葉館出版、2014年）
『近くて近い台湾と日本――日台交流川柳句集』（共著、新葉館出版、2014年）
『よい句をつくるための川柳文法力』（新葉館出版、2017年）
『はじめての五七五 俳句・川柳 上達のポイント』（共著、メイツ出版、2017年）
『ユニークとうかつ類題別秀句集Ⅱ』（編著、新葉館出版、2017年）
『旅の日川柳』（飯塚書店、2019年）

【現住所】

〒270－1108　千葉県我孫子市布佐平和台5－11－3
FAX　04－7189－6226
メールアドレス　tto@msg.biglobe.ne.jp
東葛川柳会ＨＰ　http://tousenkai.cute.coocan.jp/